講談社文庫

美しいこと

木原《このはら》音《なり》瀬《せ》

講談社

目次

美しいこと

不公平だよ……と喋りながら、福田健史《ふくだたけし》が串の焼き鳥を前歯で挟んで抜き取った。午後八時、駅の近くにある居酒屋は白やピンストライプの半袖シャツでごった返している。

冷房が効いているはずだが、人の密度が高いせいで、店の中は今年の最高気温をマークした昼間の余韻を引きずるように蒸し暑かった。額にじわりと汗が浮かび、酒がすすむ。

店の主人の愛想のなさを示すように内装がそっけないので、デートをするには雰囲気が足りないのか女性連れの男はいない。後は大学生と思われる輩がポツポツと点在するだけ。

福田は松岡洋介《まつおかようすけ》の前でチッチッと舌打ちしながら、裸になった串を指揮者のように前後に振ってみせた。スーツの袖口で、グッチの時計が揺れる。

「俺はさあ、ヤツを見てると非常にストレスを感じるわけよ。でもヤツ自身はそれに気づいてない。俺だけが一方的にこう、苛々《いらいら》するのは何か理不尽な気がするんだよな」

松岡はすっかり汗をかいたチューハイのグラスを口許に運んだ。溶けた氷の最後の一滴まで飲み干す。午後七時前、外回りからの帰りに携帯電話が鳴った。同期の福田からで、今晩一緒に飲まないかと誘われた。サッカーの中継もないし、一人で飯を食うよりましか、その程度の気持ちで「いいよ」と返事をした。ここぞとばかりに愚痴を垂れ流されるとは思いもしないで。

「俺が総務主任になった時も、そいつニコニコしながら『おめでとう』って言うんだぜ。年下の俺に出世されて、補佐につくってのにさ。悔しがればまだこいつにもプライドがあるって思うけど、マジで笑ってるなんてもうやる気ゼロじゃん」

「わかる、わかる。そういうことってあるよな。あっ、すみません、レモンチューハイお願いします」

カウンターの前を通りかかった従業員に追加注文を頼み、福田と向かい合う。

「そうカリカリするなって。使えない年上の部下ってのは、早くに昇進すればするだけ増えてくんだからさ」

福田は真面目な顔で「それ、何気に真理かも」と呟き、松岡はハハッと笑った。

「そういう脇役体質の奴は無視してりゃいいんだよ。世の中には自然淘汰って言葉がちゃんとあって、駄目な奴はふるい落とされていくようにできてるんだからさ」

ニッと笑いかけると、福田は「まあな」と肩を竦めた。二十八歳で総務主任と順調に出世している福田にしてみれば、要領の悪い年上の部下は何かにつけ気に障るようだった。

「中途半端にいい奴ってさあ、すっげえ扱いづらくねえ？」

「さっき話してたお前の補佐についた奴のことか？　いい奴なら別にいいんじゃないの？」

福田はこれ見よがしにため息をついた。

「わかってないなあ。仕事すんのに人柄は関係ないだろ。性格が最悪でもさ、きっちり仕事してくれたら俺も文句ないよ。要はできるかできないかが問題なの。友達つくりにじゃなくて、仕事しに会社へ行ってんだからさ」

諭すような口調に、どうして俺がお前に説教じみたことを言われなきゃいけないいんだとムッとする。おまけに「お前はいいよなあ」とまで呟かれた。

「営業ってさ、総務みたいにデスクワークばっかじゃなくて外にも出るだろ。ちょっとぐらいサボったってわかんないし、何より気分転換できるしさ」

まあねえ……と相槌を打ちつつも、内心はかなりキていた。何が気分転換だ。こいつに毎月のノルマを達成するまでの過酷さを見せてやりたい。足が棒になるぐらい歩き回り、昼休みも返上が当たり前で、それでいて一件も新規が取れなかった時の悔しさ。できないことを「やれ」と無茶を言う上司との闘い。ノルマギリギリの月末など、愛想笑いが頰にこびりつき、ストレスでキリキリする胃に薬は必須で、中には血を吐いてぶっ倒れた奴もいた。

「お前ってさあ、割とかっこいいし、担当が女だったりしたら見た目だけでホイホイ契約取れちゃったりするんじゃないの？」

顔で契約が取れるなら、苦労しねーんだよと思いながら、にっこり笑う。

「まあ、使えるものは有効利用ってことで。あっ、もうこんな時間じゃん。悪い、俺もう帰んないといけないんだ」

福田は「えーっ、まだ九時だろ」と唇を尖らせた。

「ここ来る前に彼女から電話があってさ、職場の子の送別会が終わったらウチ来るって言うんだよ。悪いな」

渋々といった態度の福田を促して、店を出る。外を歩くと夏の夜の蒸し暑さがぴたりと肌にはりつく。

「同期の気楽さっていうか、お前と話してると不思議と落ち着くんだよね」

耳触りのいい言葉を選んでいるけど、本当のところは同じ総務の人間には愚痴れないからだろうなと、軽く酔っていても冷静な頭で分析する。

「お前ってさ、けっこう聞き上手だよな」

それは営業で培ったテクだ。相手の話にはとりあえず相槌を打つ。相槌の打ち方にもポイントがあって、絶対に否定しないこと。どんな無茶苦茶を言っても、うんうん頷いて肯定してやると、相手は「ああ、こいつは俺のことをわかってくれてるんだな」と思うようになる。

「また一緒に飲もうぜ」

地下鉄の階段で別れて、松岡は福田とは反対側のホームに入った。一人になった途端、疲れがドッと両肩にのしかかってくる。こんな愚痴に付き合わされるんだったら、一緒に飲まなきゃよかったと後悔する。

愚痴というのは、言った奴はすっきりするかもしれないが、言われた方には蓄積される。その決してプラスにはならない感情が、精神衛生上よろしくないのは明白だった。

「あー疲れた」

愚痴っぽい同僚のことはさっさと忘れる。そんなことより明日は金曜日。待ちに待った金曜日だ。何を着ようかな、どんなメイクにしようかなと考えていると、ワクワクしてきて松岡は俯き加減にニッと笑った。


メイクの中で一番好きなのは、口紅の色を選ぶ時だ。七色の中から、その日の気分で一つ取り出す。色気のある女の雰囲気を出したかったら赤系で、清楚なお嬢様でいこうと思ったらピンク系だ。今日は遊び慣れた女でいきたかったから濃い赤にした。綺麗にファンデーションを塗り込めた顔に、唇の輪郭よりも少し小さく唇を描く。化粧は絵を描く作業に似ている。要は全体のバランスをとることが重要だ。

採れたてのチェリーみたいに艶やかな唇が、鏡の中で揺れる。じっ……と見入って、離れたり近づいたりしながら出来上がりを確かめる。松岡はにっこりと微笑んだ。完璧だ。会社の女の子よりもずっとずっと綺麗で可愛い。

メイクを終えた松岡は、服を脱ぎ捨てクロゼットの奥からブラジャーを取り出した。中にパッドを詰めて装着する。柄物のシャツの袖に腕をとおし、黒いスカートと濃い色のストッキングを穿いた。胸許まである長髪のウイッグをつけると完成。仕事帰りの少し派手なＯＬのイメージで髪を掻き上げ、ハンドバッグを手に鏡の前でポーズをとった。我ながらうっとりする。頭の先から爪先まで、どう見たって完璧な女。仕上げに軽く香水を振って外へ出た。

道行く人が振り返る。ナンパされたのも一度や二度じゃない。そういった事実が、更に自信へと繋がっていく。

女装するようになったのは去年からだ。仕事が忙しくて帰りが遅くなる日が続き、三年付き合っていた彼女に愛想をつかされた。半同棲の生活だったから、彼女に出ていかれた後は胸にぽっかり穴が空いたみたいで寂しかった。

そんな寂しさにも慣れた頃、彼女が「捨てておいて」と言い残していった荷物を休日に片付けた。袋の中からは古い服や化粧品が山のように出てきた。懐かしさから思わず手に取り、眺めているうちに「これ、俺にも着られそうだな」と思ってしまった。試してみると、ウエストが少しきつかったけれど、何とか着ることができた。

ノースリーブの黒いシンプルなワンピースは、思いのほか自分によく似合っていた。そのことに松岡は驚いた。面白半分、口紅を塗ってみるとそれがまた色の白い自分に映えて、人形みたいに見えた。こうも似合うと面白くて、ファンデーションやマスカラも適当に使ってみた。そうして出来上がったモノは、自分の知らない自分の姿。女でも滅多に見たことがないほど美人の「松岡洋介」がそこにいた。

別世界にいる「もう一人の美しい自分」に、松岡は自分でも驚くほど急激にのめり込んだ。通販で服や下着、化粧品を買い、雑誌でメイクの研究をした。髪だけは営業の手前、伸ばせないのでウイッグを用意した。頭の先から爪の先まで女になりきる時、松岡は「日常」の自分を忘れた。人が振り返るような美女に変身するのは快感で、いいストレス解消になった。

アブノーマルな趣味だという自覚はあるので「女装日」は金曜日だけと決めた。週に一度と制限することで、女装への欲望と嬉しさが余計に増した。

金曜日の夜、松岡は入念に体の手入れをして女になる。最初は家の中を歩き回るぐらいだったが、だんだんと外へ出ていきたいと思うようになった。欲望は抑えきれず、とうとう女装のまま表へ出た。

街を歩けばみんなが振り返る。注目されることがうっとりするほど心地よかった。女性よりも美しいという優越感にひたりながら、やに下がった男の視線を腹の底であざ笑う。

空席が目立つ、都内に向かう電車の中で、今日は何人の男に声をかけられるだろうと、想像するだけでわくわくした。

……とうとう雨が降り出した。松岡は繁華街の外れにある路地の角でうずくまったまま、込み上げてくる嘔気《おうき》に任せて吐いていた。自分の吐いたものの臭いに刺激されて、また吐く。吐ききると落ち着いてよろよろと歩き出すものの、数十メートルも行かないうちに気分が悪くなってしゃがみ込む。

さっきから同じことを何度も繰り返している。買ったばかりのシャツと黒いスカートも汚れて、綺麗に仕上がっていたメイクも涙でグシャグシャ。最悪の上に超のつく最低な気分だった。繁華街に着いてすぐ、松岡は四十歳前後の男に声をかけられた。普段は無視するけど、今日はにっこり笑ってついていった。営業先で見たことがあったからだ。いつも自分の足許を見ている担当がその男にやたらと低姿勢なのが気になって、仲のいい社員に「あの人って誰？」と聞くと「高嶋《たかしま》物産の営業部長」だと教えられた。

高嶋物産は松岡が是非とも繋がりを持ちたいと思った企業で、何度か営業に出向いたことはあるもののいつも門前払いを食らっていた。仕事の話はできないが、趣味や好みを知ることができれば、それが新規開拓の突破口になるんじゃないかという下心が働いた。

男に連れていかれたのは、高級ホテルの最上階にあるカクテルバーだった。松岡は勧められるがまま酒を飲み、当たり障りのない世間話をした。

「君さ、ハスキーボイスだね」

そう言われ、一瞬ドキリとしたが「風邪気味だから」と誤魔化した。いくら姿形は完璧でも、声だけはどうにもならない。そのうちばれるのではないかという不安から松岡は次第に無口になり、気まずい雰囲気を埋めるために酒ばかり飲んでいた。いつもビールかチューハイなので、飲みなれないカクテルで悪酔いするのに時間はかからなかった。

「うわあああっ」

男の叫び声で目を覚ます。気づけばホテルの部屋の中、松岡はダブルベッドに横たわっていた。股間にいつも以上に解放感があると思ったら、スカートがたくし上げられ、レースのショーツが太腿までずり下げられていた。

「おっ、お前は男かっ」

松岡は全身から血の気が引いた。ショーツを慌てて引き上げ、ベッドから下りる。

だけど酔っているせいか足許がおぼつかなくて、膝からガクリと崩れ落ちた。

「人のこと騙しやがって。この変態野郎っ」

男が顔を真っ赤にして飛びかかってきた。腹に乗られ、胸許を摑んで顔を平手打ちされる。髪を摑まれると同時にウイッグが外れ、男が拍子抜けしている間に突き飛ばした。

床に落ちたウイッグを拾い、部屋を飛び出す。エレベーターへ辿り着くまでに二回転んだ。追いつかれなかったことにホッとし肩で息をしていると、エレベーターで同乗した中年女性が、松岡が手にしている長髪のウイッグを見てギョッとした顔をした。その場でかぶりなおしたものの、鏡がないのでちゃんとつけられたかどうかわからなかった。

ホテルを出て、フラフラしながらも懸命に歩いた。途中で気分が悪くなってしゃがみ込み、何度も吐いた。男に殴られたことを思い出すたびに、背中が震えた。自分のしていることが普通だとは思っていない。だけどあんな風な仕打ちを受けるとは、暴力の対象になるとは思わなかった。一刻も早く帰って服を脱ぎたい。もう女装なんて一生しない、そう思った。

財布の入った女物のハンドバッグとハイヒールをホテルに忘れた。マンションの鍵はダイアル式のロックがかかる郵便受けに入れてきたので部屋の中に入ることはできるが、現金がないとタクシーに乗れない。終電はもう出てしまっている。友達に金を持ってきてもらうとしても、携帯電話は今日に限ってマンションに忘れてきた。それ以前に……松岡は苦笑いした。この格好で友達に会う勇気が自分にあるだろうか。あの男のように「変態」と罵られるぐらいなら、死んだほうがマシだった。

路地にしゃがみ込んでいても、誰も声なんかかけてくれない。背筋をピンと伸ばして歩いている時は、後を追いかけてくる男までいたのに……所詮この姿は偽物なんだと思い知らされる。

目の前を集団が行き過ぎる気配がした。その中から覚えのある声が聞こえて、松岡は反射的に顔を上げた。男女が交ざった七、八人の集団の真ん中に、福田がいる。仕事の帰りにみんなで飲みに出たのか、福田は半袖のシャツに紺色のネクタイ姿だ。チラと松岡を見たものの、福田はスッと視線を逸らした。そのまま行き過ぎる。

自分だと気づかれるのも困るが、無視されるのも切なかった。だけど福田を責める気にはなれない。もし自分が同じように道端で、酔っ払ってしゃがみ込んでいる女を見つけたとして、声をかけるかと言われたらやっぱり無視するような気がしたからだ。

無視されてよかったんだと自分に言い聞かせる。声をかけられ、自分だと知られていたらきっと軽蔑される。それだけならまだしも、ほかの同期に告げ口されたら噂になるかもしれない。たまに飲みに行くし、会社の中では親しく付き合っている方でも、あの男を心の底から信用はしてない。

しばらくすると急に雨の当たりが弱くなった。パラパラと傘が雨粒を弾く音がする。顔を上げると、一人の男が自分に傘を差しかけてきていた。年は三十四、五か、冴えない髪型の垢抜けない男だ。ネクタイも右に少しよれている。どこかで見たことがある。さっき福田と一緒にいた男じゃないだろうか。

「大丈夫ですか」

大丈夫、と言おうとして思い留まった。もし声で男と知れたら、また変な目で見られる。松岡はコクリと頷いた。

「さっきも見かけて、その……よかったら送りましょうか」

願ってもない申し出に、大きく頷く。右手が差し出されて、その手を取った。温かい手だと思う反面、酔い潰れた女を送って、そのままコトに及ぼうとしているんじゃないかという疑惑も消えない。

「靴はどうしたんですか？」

男は松岡の裸足にさっそく気がついた。ホテルに忘れて取りにも行けないんだとは言えず、ただ首を横に振る。すると男はその場で自分の靴を脱いだ。

「かっこ悪くって嫌かもしれないけど、何か踏んづけて怪我をするよりはましだと思います。僕は靴下を履いているし……どうぞ」

慌てて首を横に振って遠慮したけれど、男は脱いだ靴を履かない。迷った末に、男の好意に甘えて靴を履いた。小さな傘の中で寄り添って、自分の足より大きなサイズの靴をカポカポと音をたてて歩く間、松岡はずっと俯いたままだった。

タクシー乗り場に着いたところで、松岡は困った。タクシーに乗ろうにも金がない。どれだけ男に「乗ってください」と言われても、踏み出せなかった。そのうち後ろの客に「乗らないなら、あっち行ってよ」と文句を言われ、横に逸れた。

「家に帰りたくないんですか？」

困った顔で男にそう聞かれ、首を横に振る。

「さっきから、ずっと喋らないけど……」

松岡は男の手を取った。透明のビニール傘がアスファルトの上に落ちる。広げた手の上に、ゆっくりと字を書いた。

『わたしは喋ることができません』

男が驚いたように松岡を見た。

『お金がないからタクシーには乗れません』

落ちた傘を拾って、男が松岡の右手を引いた。タクシー待ちの列の一番最後につく。

「家はどの辺なのか、書いてみて」

手帳とボールペンを差し出されたので、そこに住所を書いた。自分たちの順番が来ると、男は松岡を先にタクシーに乗せ、運転手にメモを渡した。

「ここだといくらぐらいかかりますか？」

五千円ぐらいかな、と運転手は呟いた。男は財布を取り出すと、中にあった六千円と小銭を全部、松岡に渡した。

「彼女、口がきけないんです。もし何かあったら紙に書いてもらってください」

運転手に伝えた後、男は松岡に向かってニコリと笑いかけた。

「僕は反対方向なので。気をつけて帰ってください」

男はタクシーから離れた。礼を言おうにも喋れないし、手に書こうとしたらドアが閉まった。車は走り出す。松岡は手の中の金を強く握り締めたまま、遠くなる男の姿をずっと見つめていた。

月曜日、松岡は無理して昼に外回りから会社に戻ってくると、総務を訪ねた。昼休みが終わるギリギリの時刻、外へ食事に出ていた社員も大抵は戻っている時間帯を狙った。

「あれ、どうしたの？」

福田はさっそく自分に気づいた。「ちょっと課長に用を頼まれてさ」と言い訳しつつ部屋の中を見渡し、金曜日の男を捜した。福田と一緒にいたから、総務の人間の可能性が高い。……見つけた、あの人だ。部屋の一番端にあるデスクに、タクシー代を貸してくれた男がいる。

「端っこのデスクの人、なんて名前？」

福田は松岡の指差す方角を覗き込み「ああ、あいつに何か用？」と一瞬でぞんざいな口調になった。露骨な態度に、違和感を覚える。

「用ってわけじゃないけど……」

そう言った松岡のスーツを摑み、自分に引き寄せてから「あいつだよ」と福田は囁いた。雰囲気でピンとくる。先週の木曜日、福田が散々自分に愚痴っていた年上の部下じゃないだろうか。

「奴がそうなの？」

福田は眉間に皺《しわ》を寄せ、大きく頷いた。

「まあな。寛末《ひろすえ》っていうんだけど顔見てるのもムカつくからさ、一番端のデスクに移動させたんだよ」

話をしているうちに、一時を過ぎた。午後の仕事がはじまる。寛末がおもむろに席を立ち、こちらへ近づいてきた。金曜日の女が自分だとばれてしまったのではないかと額に冷や汗が浮かんだが、寛末は松岡には目もくれず福田の前に立った。

「言われていた資料、まとまりました」

福田はひったくるようにしてそれを受け取った。

「朝一で提出しろって言いませんでしたっけ？」

「申し訳ありません」

寛末は謝り、更に頭を下げた。

「この前も同じことがありましたよね。いつもいつもルーズなようじゃ困るんですよ。もし俺が言った期限にできないようなら、できないって申し入れてもらえませんか。こっちにも都合ってものがあるんですから」

「謝らなくてもいいから、俺から注意を受けたことは二度と繰り返さないでください」

「すみません」

言い訳はせず、ペコペコと頭だけ下げて寛末は自分のデスクに戻っていった。言われっぱなしというのは、見ていて何とも痛々しい。

「お前さ、いくら部下だからって年上なんだし、ちょっと言いすぎじゃないのか？」

小声で注意してみても「あれぐらいでちょうどいいんだよ。ぼんやりしてるから、何言ってもなかなか脳みそまで到達しなくってさ」と取り合う気配もなかった。

いつまでも総務で油を売っているわけにもいかず、松岡は営業に戻り、再び外へ出かけた。得意先への顔見せから、新しい企業へのパンフレットの持ち込みを急いで終わらせ、再び社に戻ってきたのは午後六時前だった。

たびたび総務に顔を出すのも不自然だし、この時間だと帰ってないだろうとあたりをつけて、社を出てすぐ隣にあるビルの植え込みの脇に腰掛けて、携帯のメールを打ってる振りをしながら寛末が出てくるのを待った。

午後七時を過ぎた頃、寛末が一人で社の正面玄関から出てきた。松岡のいる方角とは反対方向へ歩いていく。気づかれないように、一定の距離をおいて後をつける。探偵にでもなったような気がして、ワクワクした。

松岡が住んでいる地区とは正反対の沿線、電車で十五分ほど行った駅で寛末は降りた。駅から歩いて五分ほどの場所にある、四階建てのアパートの三階、306号室に寛末は入った。家のある場所まで調べなくてもよかったのに、調子に乗って最後までつけてしまった。

帰りの電車の中、財布にあった札を全部自分に渡した寛末が、終電もなくなっていたあの夜、どうやって家に帰ったのか、松岡は気になって仕方なかった。

女装にするか、それとも素のままで会うか随分と悩んだ。素のままで会うとしても、自分が女装をしていたとは言いたくない。となると、女装していた自分を「誰か」に仕立てないといけなくなる。妹だと嘘をつこうかと思ったが、寛末が福田と自分の話をしようものなら、一発でばれてしまう。福田は自分に弟しかいないことを知っているからだ。

迷った末、松岡は女装で会うことにした。駅で偶然を装って再会し、金と靴を返す。もとから喋れないと言ってあるから、プライベートは深く詮索されないだろうと思った。

翌日、松岡は社の近くにあるビジネスホテルを借りた。ホテルのフロントに女性用の服と化粧品を入れたバッグを預けて出勤し、仕事が終わると同時にホテルに駆け込み、着替えとメイクを済ませた。喉仏を隠すために、首許に藍色のスカーフを巻く。今日のイメージは清楚なお嬢様で、夏らしい白いスーツが爽やかな美女に仕上がった。

頭の先から爪先まで完璧なコーディネートで外へ出る。そして寛末が乗る側の電車のホームで、男が現れるのを待った。

昨日は七時頃に姿を現したのに、今日は八時を過ぎてもやってこない。仕事帰りにどこかへ飲みに出かけたのかもしれない。諦めて帰ろうかと思った矢先、ようやく姿を現した。

ホームに電車が滑り込んでくるのと同時で、下りてきた階段から一番近い乗車口に乗り込もうとする男に駆け寄り、腕を摑んで引き留めた。

「はい?」

寛末は振り返り、首を傾げた。少し伸びすぎた髪の毛、痩せ気味で、小さな顔。あまり大きくない目と、薄い唇。素材はさほど悪くないのに酷く野暮ったく見えるのは、自分の容姿に無頓着な人の典型だった。

「あの……なんでしょう」

驚いたのは、寛末が自分を雨の日の女だと一目では気づかなかったことだ。松岡は慌ててハンドバッグからペンとメモ帳を取り出すと、書きつけた。

『金曜日はありがとうございました』

男はメモを読み、松岡の顔を改めて見た。

「ああ、あの時の」

松岡がにっこり笑うと、男は照れたように顔を赤くし、俯いた。

「足は大丈夫でしたか？」

最初は何のことを言われたのかわからなかったが、すぐにそれが素足で歩いていたことだと気がついた。メモに『大丈夫でした。ありがとうございます。あれからあなたはどうやって家に帰ったんですか？』と書いた。

男は松岡の手許を覗き込むと、苦笑いした。

「友達に電話をかけたけど誰もつかまらなくて、仕方ないから歩いて帰りました」

寛末の家から繁華街まで電車で二十分はかかる。歩いて一時間や二時間どころじゃなかったはずだ。『どれぐらい時間がかかったんですか？』と書くと、男が返事をするまでに少し間があった。

「気にしないでください。たかだか三十分ぐらいですから」

嘘だとわかると同時に、胸の奥がジンとした。寛末にとって自分は得体の知れない女で、そんな人間に何の見返りもなく靴と金を貸せるその心に、それだけじゃなく心配させないようにささやかな嘘までつく優しさに感動した。人間として「できている」というのは、きっとこういうことだ。

「あなたは仕事の帰りですか？」

寛末に聞かれて、松岡はコクリと頷いた。

『いつもは使わない駅なんですが、仕事でたまたまこちらに来ていたんです。お会いできてよかった。あの、明日もここを使われますか？』

紙に書きつけて見せると、寛末は「ええ」と答えた。

「会社から家に帰るのに、この線だと乗り換えがないんです」

『明日もこの時間に来れば、あなたに会えますか？　靴とお金をお返ししたいのですが』

男は慌てて首を横に振った。

「あんな安物の靴なんか捨ててください。金も本当、いいですから。それに僕は帰る時間がまちまちなので、何時頃とはっきり約束ができなくて」

松岡はメモに『待ってますから』と書いてニコリと微笑んだ。視線をぎこちなく逸らし落ち着かない寛末の両手をぎゅっと握り締める。そして返事を聞かず、逃げるようにして駅を出た。


翌日、会うのは午後八時と時間に余裕があったので、松岡は仕事を終えた後で一度マンションに帰り、着替えてから出てきた。

約束の十五分前、駅の階段を下りていると、ホームの手前のベンチに腰掛けている寛末が見えた。それを目にしてようやく、松岡は自分の犯した過ちに気がついた。

昨日、寛末は「仕事はいつ終わるかわからない」と言っていた。現に一昨日は会社を出てきたのが七時ぐらいだった。仕事が早く終わっていても、自分との約束のために帰れず、待たせてしまったのかもしれないと思うと申し訳なかった。

傍らに立つと、寛末は不意に現れた松岡に驚いた顔をした。

「あ、昨日はどうも」

慌てて立ち上がり、寛末は頭を下げた。

「昨日、ホームを出ていったから、電車に乗ってくるものだとばかり思っていました」

寛末の言い分はもっともで、松岡は笑って誤魔化した。

『お待たせしてしまったようで、すみません』

メモに書くと「そんなことないですよ」と予想通りの返事が返ってくる。気を使う男だけに、本当に待っていないのかどうかわからなかった。

松岡は手にしていた紙袋を寛末に渡した。中に入っている靴は、借りた靴ではなく新たに購入したものだ。もとの靴は乾かしているうちに、爪先の部分が靴底からベロリと剝がれた。随分と履き込まれた靴が、雨に濡れてとどめを刺されたのだ。

紙袋の中には、あの日貸してもらった金も入れてある。紙袋を受け取った寛末は、靴が実は新品で、金も入ってるとはまだ気づいていない。そうだと知ったら受け取ってはくれない気がしたので、気づいていないことにホッとし、家に帰ってから驚く顔を想像すると、少し楽しかった。

「本当にすみません。逆に気を使わせちゃって」

松岡は首を横に振り、『あの時は本当に助かりました。感謝しています』と書いて、ニコリと微笑んだ。男は赤くなった顔を隠すように俯いた。本当にシャイな男だなど、少しぐらい髪の色を明るくするという手間もかけてない、野暮ったい頭を見つめる。こんな調子で、女と付き合ったことがあるのかな……といらぬ心配までしてしまう。

照れている仕草も、優しい部分も見ていて妙に安心する。そういえば就職してからこの手のタイプにはあまりお目にかかったことがなかった。社内でも親しくしている奴はいるが、同じ営業だとやっぱりライバルだから腹を割った話はできない。他部署なら心を許して付き合えるかといわれれば、返答に惑う。だけど福田が言っていたように、仕事は遊びじゃないから、それでもいいと思っていた。

俺も疲れているのかな、と自問自答する。女装もしかり、この男に安心することしかり。

「あっ、あのっ……」

急に頭を上げた男が、やたらと大きな声を上げた。驚いて、松岡は思わず一歩後ずさった。

「でっ、電話番号を教えてもらってもいいですか」

口にした後で、寛末は慌てて「ごめんなさい」と謝った。

「喋れないって知ってたのに、その、つい……すみません。あの、メール……携帯のメールアドレスを教えてもらえませんか？」

体は細かく震え、両手はしっかり握り締められている。おまけに顔はサルみたいに赤い。メールアドレスを知りたいと言うのに、男がどれだけ勇気を振り絞ったかが、手に取るようにわかる。ちっともスマートじゃないし、口がきけないと言ってあるのに電話番号なんて聞いてくる。普段なら興ざめもいいところなのに、なぜか憎めなかった。

『ごめんなさい』そう書いたメモを見せると、男はあからさまにがっかりした表情を見せた。いくら感じのいい男でも、これ以上女の姿で付き合う気はなかった。だからメールアドレスも教えない。

「無理言ってすみません。その、今言ったことは気にしないでください」

男は俯き加減に少し笑った。

「本当に、気にしないでいいですから」

声が小さくなり、再び俯いてしまった男に、松岡は罪悪感を覚えた。ホームを出て階段を上がっている時も、いつまでも寛末の視線が背中を追いかけてきているような気がして、何度も振り返った。そうするたびに必ず目が合う。

……小さい時、捨てられた犬を拾えなくて、だけどそのまま見過ごすのもかわいそうで、何度も何度も振り返ったことを、今頃になってふと思い出した。

靴と金を渡してから一週間ほどした頃、松岡はエレベーターの中で偶然、寛末と乗り合わせた。しかも二人きりだ。自分だと気づかれてしまうのではないかとヒヤリとしたけれど、男は松岡を気にする風もなく、エレベーターの階数を示すランプをじっと見ていた。

何気なく足許に視線をやった松岡は、嬉しくなった。自分がプレゼントした靴を寛末がちゃんと履いていたからだ。本革の上品で深みのある黒は、一目で上質なものだとわかる。スーツはくたびれた観が強いが、足許だけ見たら上等だった。

「五階、着きましたよ」

不意に声をかけられて、心臓が飛び出るかと思うほど驚いた。

「降りないんですか？」

松岡はぎこちなく会釈し、エレベーターを降りた。一人で慌て、戸惑っているのが自分でもおかしい。

そういえば、何だか寛末に元気がなかったような気がする。エレベーターの中でも、ため息ばかり聞こえていた。そう親しいわけでもないから、よくわからないけれど……。気にはなったがそれを確かめる術《すべ》が自分にはなかった。

魚の小骨のように喉につっかえていた寛末の浮かない表情……理由はその日のうちに解明された。仕事の帰り、ロビーでたまたま福田と鉢合わせした松岡は、珍しく自分から食事に誘った。一緒に飯を食うのは前回愚痴られたこともあり気が進まなかったが、寛末のことを聞いてみたかった。

いつもの店が満席で断られ、仕方なく近くにあった全国チェーンの居酒屋に入った。

「そういえば、営業で中堅が一人辞めるんだよね」

話のとっかかりとして松岡が切り出すと、福田は出汁《だし》巻き卵を頬張りながら「荒巻《あらまき》さんだろ」とモゴモゴと答えた。

「お前、知ってたっけ？」

「何言ってんだよ。俺らが就職した時の教育係だったじゃん。三共との契約がポシャッて、その責任取らされんだろ」

「どうして契約のことまで知ってんだよ」

福田は「フフン」と鼻を鳴らした。

「俺さあ、営業の岡林《おかばやし》と付き合ってるんだよね。だからその辺の情報は入ってくるんだよ」

岡林と聞いて、綺麗どころが好きな福田が選びそうな女だと納得した。顔が綺麗なだけで愛想がなくプライドの高い岡林は、一回トイレに行くと十五分は戻ってこない。そのかわりメイクはバッチリ直してくる。この前まで同じ営業の吉田《よしだ》と付き合っていたはずだが、別れていたなんて知らなかった。二股かもしれないが、敢《あ》えて言うつもりはない。告げ口して下手に人間関係をかき混ぜるよりも、黙して傍観する方がきっと賢い。

「俺のトコでもさ、リストラされそうな奴がいるんだよね」

福田の呟きに、嫌な予感がしつつ「誰だよ」と問い返す。

「寛末」

松岡は「ふうん」と呟きながら、ビールを半分飲み干した。

「何かやらかしたの？」

「最悪だよ。社内会議に出す決算報告書の桁、間違っててさ」

松岡は首を傾げた。

「決算報告書って、上に提出する前に主任のお前も確認しないといけないんじゃないか？」

途端、福田はバツの悪そうな顔をした。

「けどさ、ミスったのはあいつの下で働いてた奴なんだぜ。それに俺は日に何件も処理するから、いちいちそんな桁まで注意してらんないんだよ。上に報告した時は、俺を通さず提出したってちょっと脚色したけどさ。補佐のあいつが前もって確認するのは当然だろ」

どれだけ言い訳しても、上が取るべき責任を福田が寛末に押しつけたのは明白だった。前からそういうズルい面を持ち合わせた男だったが、一緒に仕事をしていなければ実害はないので、苦笑いしつつ見ない振りをしてやっていたけれど、今回は本気で腹が立った。

「寛末って奴がかわいそうだろ」

批難すると、最初はバツの悪そうな顔をしていたくせに、開き直ったようにふんぞり返った。

「人に利用されるってのは、もとはといえばそいつにも原因があるんじゃないか？俺が責任なすりつけたって言い訳一つしなかったんだぜ。男らしいって言う奴もいるかもしれないけど、そういうのって一種の『逃げ』だろ。違うなら違うって言って、真っ向から向かってくりゃいいのにさ」

　どこまでも自己中心的な思考回路は、聞いているうちに気分が悪くなってくる。

「でもま、今回のミスであいつも主任補佐を降格になったし、人事にも目えつけられたはずだから、一気にこのままリストラされて俺から見えないトコに行ってほしいってのが本音なんだよね。あ、子会社に出向ってのでもいいけど」

　ははっと適当に笑いながら、松岡はビールを飲んだ。炭酸がとてつもなく苦く、口の中に染みた。


　その日、松岡は会社に直帰の連絡を入れ、営業先から電車で直接マンションに帰っていた。午後七時と微妙に込み合う時間帯で、人の圧迫感と湿った汗の臭いに辟易《へきえき》し、少しでも気を紛らわせようと窓の外を見る。会社の最寄り駅に止まった時、向かいのホームに寛末がいるのを偶然見つけた。誰かと待ち合わせでもしているのだろうか。ホームのベンチに腰掛け、出入り口の階段を見上げている。

　翌々日、松岡は明日の朝一で提出しなくてはいけない書類のために、営業先から急いで社に戻っていた。電車を降り、出入り口へ向かって歩いていた松岡は、寛末がこの前と同じベンチに腰掛けているのを見た。

社に戻ってからも、松岡は寛末のことが気になって仕方なかった。一時間ほどで諸々《もろもろ》をまとめ終わり、パソコンから打ち出した書類を課長のデスクに置いて、社を出たのが午後九時。駅の改札を抜け、ホームへ下りようとしてふと思い立ち、反対側のホームへと歩いた。ゆっくりと階段を下りる。途中で目が合った。一時間前と同じ、じっと出入り口の階段を見上げている視線。

松岡は踵《きびす》を返した。寛末は女装をした自分を待っているような気がした。メールアドレスを聞かれた時、自分に気があるかもしれないと思ったが、それも会わなければすぐに忘れる程度だろうと思っていた。

向かいのホームからも、ぽつんと一人で階段を見上げている男の姿が見えた。松岡が電車に乗っても、寛末は動かない。電車が動き出し、寛末の姿がどんどん遠くなる。あの女を待っているなら、いくらそうしていても会えないよ……と教えてやりたかった。寛末に靴を渡して以降、松岡は女装をしていない。あれを機にもうやめるつもりでいた。

いつまで待つつもりなんだろう。あの口のきけない女は二度と姿を現さないのに。来ない女を待って、連日駅のベンチで座り続ける男の姿を想像し、松岡は何ともいえず寂しくなった。

朝から精力的に歩き回って、午後五時半と驚異的に早い時間に仕事を終わらせた松岡は、同僚の飲みの誘いを断って速攻で家に帰り、シャワーを浴びて服を着替えた。水色のスーツに、白いスカーフを合わせる。白いハイヒールを選んで、手早くメイクを済ませると、外へ飛び出した。

もう一度、寛末に会う。そう決心しての女装だった。昨日のうちにシナリオは考えておいた。もう一度会いたいとか、付き合いたいと言われたら「来月に結婚します」と返事をする。結婚して遠くへ引っ越すと言えば、寛末も諦めがつくだろうと思った。

自分の蒔《ま》いたタネだから、自分でちゃんとカタをつける。そうすれば、自分を捜してホームの椅子に座り続ける寛末を想像して、たまらない思いをしなくてもよくなるはずだった。

午後七時、松岡は緊張しながら会社近くの駅に降り立った。すぐ傍まで近づいても、出入り口の階段ばかり見ている男は気づかない。声をかけることもできず、松岡は自然に自然に、と自分に言い聞かせて、寛末の前を横切った。階段を上りはじめても、いつまで経っても声はかからない。とうとう駅を出てしまい、それと同時に拍子抜けした。

自分を待っていると思っていたのは勘違いで、本当は別の誰かを待っていた、もしくは単に座っていただけかもしれないと思うと、女装までして諦めさせようとしていた自分がとてつもなく恥ずかしくなった。

反対側のホームに入って帰ろうと、踵を返す。松岡は思わず声を上げそうになった。真後ろ、ぶつかりそうなほど近くに寛末が立っている。

「あの、こんにちは」

男は息を切らしながら、そう呟いた。咄嗟《とつさ》のことで笑顔をつくることもできず、松岡は曖昧に頭を下げた。

「また会えて嬉しいです」

寛末はニコリと笑って、松岡の前で奇妙に手を動かした。その動きが何を示すのかわからず、首を傾げる。松岡の反応が鈍いことに寛末も困った顔をした。

「僕の、わかりませんか?」

相変わらず手は奇妙に動く。手話だと気づいたのはその時だった。喋れないから、手話なら通じると寛末は考えたようだ。

松岡はハンドバッグからメモを取り出し、少し考えてからこう書いた。

『私は去年、病気で喋れなくなりました。手話はまだよくわかりません』

メモを読んで、寛末は「あ、そうなんですね」とボソリと呟いた。

「何か、すみません」

しょげ返った男に、松岡は自分の方が申し訳ない気持ちになった。責めるつもりは毛頭なかったからだ。

『お心遣いは嬉しいです』

そう書くと、男はホッとしたような表情で胸を撫で下ろした。

「あの、お金だけじゃなく靴まですみませんでした。帰って開けてみたら上等なもので驚きました。かえって気を使わせたようで申し訳なくて、どうしてももう一度、お礼が言いたかったんです」

寛末はちょっと笑って、踵《かかと》を踏み鳴らした。

「これ、すごく履き心地がよくて、いい感じなんですよ。毎日こればっかり履いてるんです」

松岡はニコリと笑った。心の中で、知ってますよ、と返事をする。

「あの……お礼のお礼とかって変な感じになるんですけど、もしこれから予定がなかったら、その……食事でもどうですか」

断ろうとした瞬間、腹がグルグル鳴った。かっこ悪さに松岡は赤面する。緊張の面持ちだった寛末の表情が、少し柔らかくなった。

「いい店は知らないけど、美味しいとこなら知ってるんで……どうですか？」

食事についていけば、期待させる。だけどきっぱり断っても、傷つけるような気がした。どうすればいいのか、松岡自身も判断できなくなり結局、強く断れないままついていった。

連れていかれたのは、デートにはどうかと思うような小汚い居酒屋だった。もし自分が本当に女だったら、店構えだけ見て引き返しているかもしれない。男友達じゃなくて女を連れていくんだから、もうちょっと小綺麗な店にしたらどうかと思ったが、それを自分がアドバイスできるはずもなかった。

何を飲むかと聞かれて、ビールを選ぶ。女なんだから烏龍茶《ウーロンちゃ》とか抑えていた方がいいかとも思ったけど、お上品な店に連れてこられたわけでもないので遠慮しなかった。

店は汚いし、第一印象は最悪だったが寛末の言うように、食べるものは美味しかった。

た。お袋の味系でさっぱりしていて、和食党の松岡の好みだ。

食べている間は、それほど話もしなかった。寛末が「美味しいですか？」と聞いてくるから、それに頷いて返事をするだけ。途中で、魚一匹丸ごと焼いた皿が来て、どこから手をつけていいものか迷っていると、向かいから「取り分けましょうか？」と言われた。

どちらでもよかったが、そうと伝えづらくて曖昧に頷くと、寛末はさっそく魚をほぐしはじめた。身を削られた魚は綺麗に骨だけが残る。それは鮮やかな手つきで、松岡は思わずメモ帳を取り出し『お上手ですね』と書いてしまった。

男は照れたように笑った。

「実家が港町なので、食卓には必ずといっていいほど魚が出ていたんです。母親は大雑把な人だけど、食べ方だけはうるさくて。だから僕も魚の食べ方だけなら、誰にも負けない自信があるんです」

自慢気な顔が可愛いと思った。決してかっこいい方じゃないし、汚い店には連れてこられたけど、人は悪くない。一緒にいてほのぼのする。

松岡はほぐしてもらった魚の身を食べた。香ばしくて美味しい。ふと顔を上げると、男と目が合った。慌てて男は目を逸らす。その仕草が不自然で、しばらく俯いてから顔を上げると、やっぱり目が合った。

食事中の沈黙が、実は見つめられていたからだと気づいた途端、松岡は焦りを覚えた。もとから体毛は薄く髭も二日に一度剃れば十分で、来る前にちゃんと手入れをしてきたけど、剃り残してないかとか、つい男っぽい仕草をしてなかったかと急に気になりはじめた。

意識すると妙に緊張して、松岡はほぐしてもらった魚だけ食べて箸を置いた。松岡が顔を上げると、寛末はもう自分を見ていなかった。黙々と食事をする、箸を使う仕草は繊細で綺麗だった。

食事を終えると九時を過ぎ、店も込み合ってきたので外へ出た。寛末が奢ると言ったので、その言葉に甘えた。こういう場合、女の人には素直に奢られてもらったほうが男としては楽なのを知っていたから敢えて口は挟まず、店の外で『ありがとうございました』と書いたメモを見せてにっこり微笑んだ。

自然と二人の足は駅に向かい、男は次第に無口になった。寛末がこの状態で何も言わず、あっさりと駅で別れられたら、自分は結婚をするとか、引っ越すとか嘘をつかず綺麗に終われるのになと思った。

もしこのまま別れることになっても、松岡はもう一度寛末と話したいと思った。今度はスーツ姿で声をかける。総務と営業は関わりがないから、寛末が行きつけらしいあの店に自分も通い詰めて自然に声をかけよう。あなた、同じ会社の人ですよねと。下心とか、駆け引きとか関係なしに、この男とのんびり話がしたかった。

「あのっ」

駅の入り口を前にして声をかけられた時、とうとうきたと思った。松岡は気持ちを引き締めて、寛末と向かい合った。

「あの……」

その先が出てこない。松岡はなかなか発せられない言葉にジリジリした。

「その……」

あの……その……と繰り返しているうちに、寛末は青い顔になって、ふらふらと道端にしゃがみ込んだ。松岡は慌てて駆け寄り、メモ帳に『大丈夫ですか』と書いて見せた。

「あ、大丈夫です。すみません」

寛末は立ち上がったものの、まだ少し足許がふらついている。

「こんなに緊張したのは、中学の時に学内コンクールで英文の暗唱をして以来です。あの時も心臓がドクドクして、気分が悪くなって……」

寛末がじっと松岡を見つめた。

「名前を教えてください」

問いかける声が震えている。見つめられて、松岡の胸も変にドキドキしてくる。

「駄目ですか」

断るにしても、名前も教えないのは酷い拒絶のように思えた。だけど本当の名前なんて言えるわけがない。それでも縋《すが》るような目に追い詰められて、松岡はメモ帳を取り出した。

『江藤《えとう》葉子《ようこ》』

結局、母親の名前を、旧姓を書いた。

「えとうようこさんですね。僕は寛末基文《もとふみ》です」

松岡の手許をじっと見ていた寛末が、軽く曲げた指を口許にあて、笑った。

「会うのはこれで四回目なのに、名前も知らなかったなんておかしいですね」

そういえばそうだ。松岡も少し笑った。

「友達になってもらえませんか」

和んだところで、不意にきた。

「江藤さんみたいに綺麗な方だと、付き合っている人がいるかもしれない。それでも、もし迷惑でなければ」

首を縦に振ることはできなかった。

「友達でも駄目ですか」

友達……とは酷く微妙な表現だった。付き合いたいと、そこまで踏み込んでくるわけじゃない。ただ女装をしないと決めた以上、この姿のまま会いたくなかった。断ろうと決めて、ペンを握り締めた。

「それじゃ、メールアドレスの交換だけでもしてもらえませんか」

書く手が止まった。メールだったら喋らなくてもいいし、顔を合わせなくてもすむ。松岡は寛末をじっと見つめた。来るか来ないかもわからない自分を、毎日ずっとホームで待つことのできる犬のような男。勝算のない賭けに出る要領の悪さはもとからなのか、それだけ真剣なのか。

メモ帳を一枚捲《めく》り、携帯電話のメールアドレスを書いて渡した。今、面と向かって断り悲しそうな顔を見るよりも、メールで終わりにする方が気が楽だった。松岡にしてみれば、易い方を選んだにすぎなかったが、寛末はとても嬉しそうな顔をした。

「ありがとうございます」

単なる紙切れを、まるで宝物みたいに折り畳んで寛末は鞄にしまった。

駅の改札を抜けたところで別れ、松岡は反対側のホームへ下りた。向かいに寛末が立っていて、目が合うと右手を大きく振ってきた。恥ずかしくて、松岡は小さく手を振るに止めた。

ホームの向かい側の寛末は、ずっと自分を目で追っていた。電車が動き出して、見えなくなるまで。それから少しして、携帯電話にメールが届いた。覚えのないアドレスで、誰だろうと思って開けてみたら寛末だった。

『今日は僕に付き合ってくれて、ありがとうございました』

画面を下へとスクロールさせる。

『面と向かって言えなかったけど、僕はあなたのように美しい人を見たのは生まれて初めてです』

電車の中で、携帯電話を手にしたまま松岡は赤面した。笑いを取ろうとか、そういう意図がないのは明白で、どんな顔をしてこれを打っているんだろうと思ったら、恥ずかしさに全身から汗が噴き出した。

すぐに返信のメールを打った。

『私の方こそ、ありがとうございました。寛末さんはとても優しく温かな方で、お話ししていて心が和みました』

送信した後、松岡は少しだけ笑った。

夏が過ぎ、少し肌寒さを感じるようになった秋口の朝、松岡は三つ目の目覚ましを止め、シーツを頭からかぶり丸くなった。そのうち携帯電話が鳴りはじめる。しばらくじっとしていたけれど、それがデッドラインだとわかっているから、渋々手に取った。

『おはようございます』

笑いを含んだ声が、起きぬけの頭に緩く反響する。

『十コールは最高記録かな。ぐずぐずしていたら、会社に遅刻しますよ。僕は今から家を出ます。じゃあね』

プツリと切れた。松岡はノロノロとベッドから起き出し、歯磨きをしながらメールを打った。

『今朝、すっごく寒くなかった？　正直、まだ寝てたい』

送信する。コーヒーを入れている間に、新しいメールが届いた。

『確かに寒かったね。ちゃんと風邪をひかないようにして寝ていますか？』

コーヒーを飲みながら返信する。

『自慢じゃないけど、ここ何年も風邪はひいたことありません。ナントカは風邪ひかないっていうでしょ』

メールを送ってから、スーツに着替えた。髪を整え、鞄を手に取る。そうしているとまたメールが届いた。

『自分で言う人も珍しいですね。僕が知るところ、君はなかなか優秀な事務員のような気がするんですが』

マンションを出て、歩きながらメールを打った。

『どうして優秀なんて思うかな？　いつも間抜けなメールしか送ってないのに』

駅の改札を抜け、電車に乗る。満員電車の中で、メールの着信音が聞こえた。だけど指一本動かすこともできず、見ることができたのは電車を降りてからだった。

『間抜けだなんて思いませんよ。ただ正直な人だとは思うけど。そろそろ会社に着くので、次のメールは夜に送ります。仕事、頑張ってください』

松岡は携帯電話を鞄にしまった。真面目な寛末は、会社では絶対にメールを送ってこない。仕事中に私的なメールはしないのが常識だが、いくつになっても基本的なルールが守れない奴はいる。そういう松岡も彼女がいた時は、時折仕事中に送ったりもした。

そんなに堅苦しく考える必要はなくて、誰にも迷惑をかけず、見つからないようにやればすむだけの話かもしれない。けれど生真面目な男を見ていると、自分まで真面目にしてないといけないような気になるから不思議だった。

メールアドレスを教えてから、寛末からは頻繁にメールがくる。もう一日一回のレベルではなかった。最初は、数回返事をしてから『もう送ってこないでください』と断ろうと思っていたが、やり取りが思いのほか楽しくて、断れないままズルズルと一ヵ月近く続いていた。断るという行為に踏み切れなかったのは、寛末から「好きだ」とか「会いたい」という色っぽい内容のものが送られてこなかったというのも理由の一つだった。

友達感覚で頻繁に送られてくるメールは、彼女にも振られ、学生時代の友達も徐々に疎遠になっている松岡の寂しさを、いい具合に紛らわせてくれた。それに寛末は松岡がメールの返事を返さない限り、二度続けては送ってこない。全てが自分のペースというのも気に入っていた。

モーニングコールがかかってくるようになったのは、一週間ほど前だった。『朝起きるのが苦手で、今日も会社に遅刻しそうになった』とメールを送ったら『モーニングコールをしましょうか』と返事がきた。冗談半分で『じゃあ明日の朝七時にかけてよ』と送ったら『かけるのはいいけど、君の携帯電話の番号がわかりません』と返事がきた。もう三週間ほどメールのやり取りをしていたから、電話番号も知っているものだとばかり思っていた。携帯電話の番号を教えるかどうか、松岡は迷った。メール以上は踏み込ませないでいようと思っていたけど、これまでの寛末の礼儀正しさからいって、番号を教えたとしても無闇にかけてくることはないだろうと思い、教えた。予想通り、寛末は朝七時のモーニングコール以外は一切、かけてこない。

今は朝と夜に三、四回のペースでメールのやり取りをする。食事をしたとか、会社の帰りに本を買ったとか、大したことのないやり取りだとしても、メールがくるのは楽しみだった。

顔の見えないやり取りでも、何気ない文面から相手の優しさとか思いやりが伝わってきて、見ているだけで自然に笑みが零れ、胸が温かくなる。

たまに語尾に女言葉を使う以外は、松岡は素のままメールを送っていた。寛末の中の、やたらと美化されているように感じる自分のイメージを、崩したいという気持ちもあった。その成果があってか、回数を重ねるごとに相手もだんだんとぎこちなさが取れて、時折、松岡が苦笑いするような寒い冗談を添えて送ってくるようになった。

そういう時は遠慮なく、これも人間教育だと思ってハッキリ『面白くない』と言って返す。すると寛末からは『そんなに面白くなかったですか』と気弱な返事が返ってきて、携帯電話の前の松岡を大爆笑させた。


出社するなり、事務の葉山《はやま》に松岡は拉致された。朝一で提出の資料の準備がどうしても間に合わないから、手伝ってほしいと泣きつかれた。はっきり言って自分は関係ないが、目を潤ませる同期を無視することはできなかった。

部署にあるコピー機だけじゃ間に合わず、松岡は葉山と一緒に二階のコピー室まで下りていった。

全部署が使えるコピー室の中には寛末がいた。いつもなら松岡は男に気づかれないように観察して楽しむところだが、そんな気持ちの余裕もなかった。五台あるコピー機の四台を占領して、同時にコピーをかける。あと三十分で三十枚一セットを五十部など、到底不可能のように思えた。

「ここも空きましたよ」

寛末がコピー機を空けてくれたので、そこも使う。全て刷り上げるまではまとめることができないので、コピーが終わるまでは見ているしかない。コピー機の横で、葉山は涙ぐんでいた。

「どうしてこんなことになったんだよ。資料って前日には用意しておくもんだろ」

「知らない」

投げやりな返事だった。

「知らないって何だよ。いい加減だな」

「いい加減なのは岡林さんよっ」

葉山は怒鳴った。

「昨日、私は岡林さんに伝えたわ。この資料を三十枚一組で五十部、明日の朝までに用意してねって。それなのに今朝になって『そんな話聞いてない』って言い出したのよ。私が怒ったら泣き出して、そしたら部長が『本当に岡林君に伝えたのか』って私を疑って……」

そういえば以前も岡林が絡んで、発注を請け負った、請け負わないのトラブルがあった。その時は取引先が事前に確認を入れてきたので事なきを得たが、岡林は注文を請けてないと言い張り、担当は伝えたと言い、誰が責任を取るかは結局、曖昧に終わった。

「前からあの人、いい加減だったのよ。それでいて何かトラブルが起こったら、人に全部責任押しつけて……」

葉山は潤んだ目許を指先で押さえ、洟《はな》をズッとすすり上げた。

「あの」

遠慮がちに声がかけられる。振り返ると、寛末がぼんやり立っていた。

「急ぎのコピーなら、二階の開発にも一台ありますよ。今だと四階の小会議室は使ってないから、そこでまとめたらどうでしょう？　多分鍵はかかってないと思うんですが」

話を聞いてすぐ、葉山はコピーの原本を持って二階へと走った。

「朝一の会議に必要な分ですか？」

そう聞かれ、松岡は頷いた。

「朝の会議って、最初の十五分ぐらいは社長の話で潰れるので、資料はその後に届ける形でも大丈夫だと思いますよ」

寛末はコピーの終わった資料を覗き込んだ。

「僕は総務なので、これから七階へ戻るんです。ついでに小会議室に行って、できた分だけ並べておきましょうか？　あ、ノンブルの順でいいですか？」

「あ、でも」

「ついでだから、遠慮しなくていいですよ」

ニコリと笑って、寛末は出来上がった十束ほどを持ってコピー室を出ていった。とても助かるが誰にでもあんな調子なのかと正直驚いた。同じ会社の社員とはいえ、部署は違うし、面識もほとんどない。面倒になんか関わらなきゃいいのに、そう思った自分にハッとし、当たり前みたいに人に優しくできる寛末を素直に、凄い奴かも……と思った。

寛末のアドバイスもあり、何とか資料は会議に間に合った。それで安堵したのも束の間、葉山はさっそく部長のデスクに呼びつけられていた。訴えも虚しく、結局は『岡林に伝えなかった』ということで話は進んでいるらしい。涙を必死で堪えて唇を嚙んでいる葉山の横顔は、見ているだけで痛々しかった。

諸悪の根源はといえば、椅子に座ったまま、罪悪感のカケラも覗かせないふてぶてしい顔で葉山を見ている。岡林は福田の彼女だし、トラブルには自分から首を突っ込まないようにしてきたが、今回ばかりは傍観者でいられなかった。

松岡は椅子から立ち上がり、部長のデスクにさりげなく近づいた。

「あの……俺は葉山さんが岡林さんに『資料のコピーをお願いします』って頼んでる

の、聞いたんですけど」

周囲が嫌な具合にザワリとざわめく。葉山まで驚いたように松岡を見ている。今年で四十五になる、髪が薄いせいで五歳増しで老けて見える部長が「本当なのか」と神妙な声で問い返した。

「はい」

「嘘よ」

岡林が立ち上がった。いつも血色のいい頬が、真っ青になっている。

「でも俺、聞いたよ」

「嘘よ。だってその時、松岡さんは外回りでいなかったじゃない」

ふっと息をつき、松岡は肩を竦めた。

「その時に俺がいなかったとしても、葉山が君にコピーをしてほしいと『話した』状況があったっていうのは、確かなんだね」

ようやく岡林はみんなの前で、自ら墓穴を掘ったことに気がついたようだった。

「ちっ、違うわ」

「何が違うの？　自分で言っただろ。その時って。それって『話した時』って意味じゃないの？」

岡林はその場にしゃがみ込み泣き出した。正直、鬱陶しい。

「泣いてどうするの？　大人なんだから、都合が悪いことを泣いて誤魔化しても仕方ないだろ。それに自分のミスを人に押しつけるってのはどうかな。葉山なら怒られてもいいと思ったの？」

声を上げて泣いていたかと思えば、岡林はおもむろに立ち上がり、部屋を飛び出していった。……誰もその後を追いかけていったりしなかった。

午後八時、松岡が風呂から上がるとメールが入っていた。寛末からで『今帰りました。コンビニの幕の内弁当を食べています』という内容だった。松岡は『私は牛丼を食べて帰りました』と書いて返信した。

テレビを見ているとまたメールが届いた。『女の人が一人で牛丼屋に入るには勇気がいるでしょう？　凄いですね。僕もたまに行きます。月末とか』と、寂しい懐具合を示唆するような内容だった。営業は歩合制で、契約を取れば取るだけ手取りが上がる。だから他部署よりも給料面では恵まれていた。

「何かバカ正直っていうかさぁ」

普通の女なら、月末に金がなくなって牛丼屋に行く男なんてマイナスイメージもいいところだ。それでも書いて送ってくる気取りのなさがおかしかった。

『寛末さんは今日、いいことをしたでしょう』と朝のコピーの件を思い出して、意味深に書いてみた。すると矢のように『いいことって何ですか』と聞かれた。『自分の胸に聞いてみてください』と送ると『わかりません』と返事がきた。

松岡にとって朝にコピーを手伝ってくれた寛末の行動は印象に残っているけれど、寛末自身はそれほど意識してはいない。さらりと忘れてしまうところは、妙な具合にかっこいいような気がした。

『わからなかったら、いいんです』そう書いて送ると『葉子さんは、今日どこかで僕を見かけたんですか？』と問い返された。

少し考えて『秘密』と書いて送った。すると『ずるいです。僕も葉子さんを見たかった』と送られてきた。

携帯電話を充電器の上に置いて、松岡はベッドに横になった。そろそろ口のきけない「江藤葉子」には消えてもらおうかなとぼんやり考える。メールのやり取りは楽しくても、潮時かという思いが日に日に強くなっていく。

寛末とは友達になりたいけど、江藤葉子をなくしたら、今度は松岡洋介として接触しないといけなくなる。ここまで親しくなってしまったら、また一から関係をつくり直すのが面倒に思えてきて、フッとため息をついた。

何でこんなことになったかな……と考えてみるが、原因はどう考えても最初に断りきれなかった自分にあって、自己嫌悪した。

十月も半ばを過ぎると、営業の途中で見かける公園や、ちょっとした街路樹もそれなりに紅葉してきて、秋を感じさせるようになる。江藤葉子でメールのやり取りをはじめて、そろそろ二ヵ月が過ぎようとしていた。

その日、松岡がマンションに帰り着いても、寛末からのメールは一通もこなかった。仕事が忙しいんだったら、脳天気なメールを送るのも悪いような気がして、こちらから送るのはやめておいた。

翌朝、メールがこなかったのが心配で、松岡は一個目の目覚ましで起きて、シーツの中でじっと携帯電話が鳴るのを待った。午前七時にモーニングコールはかかってきたものの、寛末の声には元気がなかった。

『今日は早いですね。ひょっとしてもう起きていたのかな？　今晩メールを送ります。それじゃあ……』

朝のじゃれつくような言葉遊びもナシ。完璧、何かあったなと思ったけれど、寛末が言い出さないことを無理に聞き出すのもどうかと思い、夜まで待つことにした。

午後八時、ようやく寛末からメールが届いた。昨日からずっと気になっていたし、すぐさまメールを開けた。

『あなたに会いたいです』

ただ会いたいとだけあった。いくら会いたいと言われても、二度と女装で会う気はない。松岡は『会えません』と書いて送った。すると『どうしてもあなたに会いたい』とまたきた。

今まで聞き分けのよかった男だけに、意地になったように『会いたい』というのは違和感があった。会いたいという事実より、なぜ会いたいと思うようになったかを知った方がいいような気がして、松岡は『何かあったんですか』と書いて送った。すると『葉子さんはどこかで僕を見てるんですか？』と返事がきた。

いつもは人の愚痴なんか聞くのはうんざりだと思っているのに『私でよければ、話を聞きますよ』と書いた。寛末だけは特別だ。何か失敗したんだったら慰めてやりたいし、嫌なことがあったなら、次はいいことがあるよと元気づけてやりたい。

返事がくるまでに、随分と時間がかかった。一時間……二時間経って、今日はおやすみのメールもなしに終わりかと思っていると、十二時間近になってようやくきた。

『嫌なことはあったけど、それを話すと愚痴になるのでやめておきます。僕の会社のことを、わからないことを話されても、それを聞く葉子さんも楽しくないだろうし、あまり気分のいいものじゃないと思います。僕が今日、送ったメールのことは忘れてください。会いたいなんて二度と言わないので、これからもメールをしてもらえるとありがたいです』そう綺麗に締めくくられていた。

どんな内容のモノがくるか身構えていただけに、拍子抜けした。同じメールを何度か読むうちに、気づいた。『会いたいなんて二度と言わないので』寛末はそう書いている。『会いたい』と書くと、自分が嫌がるのを知っているかのような文章だった。もしかしたら雰囲気でそれを察していたのかもしれない。

落ち込んで、会いたいとまで言ってくる寛末には悪いけど、本気で江藤葉子は終わりだと思った。地のまま相手をしていたから忘れがちだったが、寛末が好きなのは江藤葉子で自分じゃない。幻想に会えなくて傷つくなんて、馬鹿げている。

『もうメールのやり取りはやめましょう。今までお話ししていませんでしたが、私には好きな人がいます』

これを送っても、寛末との関係が切れるわけじゃない。一からつくり直さなくてはいけなくても、自分さえ頑張ったら腹を割って話せる友人になれる。そう信じて送信した。

メールを送ってから、五分もしないうちに携帯電話が鳴った。モーニングコールの着信音。寛末からだとすぐにわかる。随分と迷ったけれど、結局出た。

『夜分にすみません。寛末です』

いつもと違い、酷く沈んだ声だった。

『電話に出てくれてありがとう。もう僕からメールは送らないし、電話もしないので安心してください。好きな人がいるだろうと思っていたので、君からのメールを読んでも正直、驚いていないんです』

淡々と寛末は語った。

『ただ、最後はメールじゃなくて自分の声で気持ちを伝えたかった。だから君が聞いてくれていることが、すごく嬉しい』

携帯電話を手にしたまま、松岡はゴクリと唾液を飲み込んだ。次にくる言葉が何か、知っていても緊張する。

『僕は君が好きです』

告げた後、寛末は自嘲気味に笑った。

『今さら言わなくたって、君は気づいていると思うけれど』

電話越しの沈黙は長かった。松岡はどうすることもできず、次の言葉を待った。

『困らせるのはわかっているのに、すみません。こんな僕に今まで付き合ってくれてありがとうございました。それじゃあ』

最後の言葉を告げても、なかなか電話は切れなかった。自分から切ることもできず、相手の出方を待っているうちに『あの……』と聞こえてきた。

『君から切ってもらってもいいですか』

男の要望通り、電話を切った。繋がっている気配が途絶えた瞬間、寂しいと思った自分に松岡は驚いた。自分から決別を切り出しておきながら変だけど、正直な気持ちは誤魔化しようもなかった。


翌朝、出社した松岡は一階の総合掲示板でここ最近、寛末の態度がおかしかった理由を知ることになった。社内メールがある今、貼り出しの人事通告など他では見ないが、この会社は未だにそれをやっている。同期は「ある意味晒《さら》しものだよな」と言っていた。昇進だけでなく、降格も貼り出されるからだ。そして今日貼り出されていたのは明らかに後者だった。

『総務課　寛末基文　上記の者、十月二十五日付にて小石川《こいしかわ》研究所への出向を命じる』

松岡は文面を何度も読んだ。小石川研究所は、その名のとおり主に研究開発を行う部署で、技術職でない限り行っても意味がない。だから一般職で就職した社員が小石川へ送られるということは、事実上の左遷だった。そうやってたらい回しにされた挙げ句、リストラされる。

こんなことなら……松岡は昨日、寛末と決別したことを後悔した。事実上の左遷で、落ち込んで、それで自分に「会いたい」と言ってきたのに、慰めてやるどころか「好きな人がいるから」と大嘘をついた。

胸がキリッと痛んだ。知っていたらメールをやめるなんて、好きな人がいるなんて言わなかった。もう一回ぐらい、女装で会ってもよかった。自分に会うことで、少しでも気持ちが慰められるんだったら……。

福田の声が聞こえた気がして振り返った。受付の女子社員と挨拶を交わし、玄関のロビーを抜けて総合掲示板の前を通りすぎエレベーターへと向かっている。

「おはよう」

声をかけたし、ちゃんと目も合ったのに、サラリと無視された。

「おい、福田」

名前を呼ぶことで、ようやく立ち止まる。

「なに。俺、急いでるんだけど」

同期の中では一番親しくしている男なのに、やたらと冷ややかな態度だった。何か機嫌が悪いな……と松岡は密かに舌打ちした。

「ちょっと話したいことがあるんだけど、今晩飯でも食わない？」

「あーっ。夜は約束があるんだよ」

あっさりと断られた。

「じゃあ明日でもいいからさ」

「明日も用があるんだよ。最近忙しくて、暇がないんだよね。お前のとこは楽そうでいいけどな」

何を根拠に営業を楽だと思い込んでいるのかわからなかった。妙にいやらしい言い方も癪に障り、嫌味で返す。

「じゃあいつなら空いてるんだよ。一ヵ月後、それとも一年後？」

福田はあからさまにムッとした顔をした。

「この際だからはっきり言うけど、今お前と話したくないんだよね」

「何だよそれ。俺、お前に何かした？」

ここ数週間か、互いに連絡も取ってなかった。ろくに話もしてない。嫌われる理由が思いつかない。

「俺はさあ、お前のこと気に入ってるし、同期の中じゃ実力のある方だって認めてる。けど仕事ができるのをいいことに、下にアタるってのはどうだろうな」

松岡は「はっ？」と首を傾げた。

「同期の女をかばって、やってもないことやったって言って、みんなの前で俺の彼女を晒しものにしただろ」

福田の話が、半月ほど前にあった岡林の濡れ衣事件のことだと気がついた。

「あの、資料のコピーのことか」

「そうだよ。あの後大変だったんだからな。彼女、泣いて仕事を辞めるって言い出してさ。よくよく話を聞いたら、前からお前に冷たくされてたっていうじゃないか」

松岡はぐっと眉間に皺を寄せた。冷たくも何も、営業で一日中外を飛び回っているのに、事務の岡林と関わる暇なんてない。ああいう人に平気で責任をなすりつけられるようなタイプの女は、嘘をつくことに罪悪感はない。恋人の福田にも、自分の都合のいいように、自分が悪くないように話をしたに違いなかった。

こういう場合、ムキになって彼女を否定しても逆効果で、余計に福田の反感を買うのは目に見えていた。

松岡は視線を逸らし、俯いた。

「俺、そんなにキツくあたったつもりもなかったんだけどな。最近は外へ出ることが多くて、ほとんど話したこともなかったし。けど、俺のせいで彼女が嫌な思いをしたんだったら悪かったよ。謝る」

下手《したて》に出ると、冷たかった福田の態度が少しだけ軟化した。

「わかってくれたのならそれでいいよ。あいつも繊細だからさ、これからもその辺気をつけてやってくれよ」

同僚を平気で陥れるような女が繊細とは思えなかったが、あえてその辺は言わない。恋愛フィルターのかかっている男に何を言っても、所詮は無駄だからだ。

「本当に悪かったよ」

「もういいからさ」

繰り返し謝ることで、福田の自分への不信感も和らいでいく。松岡は時計を見た。

始業まであと五分も時間は残っていない。

「そういえば俺、お前に言っておきたいことがあったんだよ。岡林さんのことでちょっと気になることがあってさ。こういうことを話していいものかどうか迷ってたんだけど、黙ってるのも何だし……」

思わせぶりにそう言い、松岡は時計を見た。

「もうこんな時間か。じゃ続きはまた今度な」

「おっ、おい。ちょっと待てよ」

投げた餌に食いついてくる気配。エレベーターへ向かう自分を、福田は追いかけてきた。

「そんな途中でやめるなよ。気になるだろ。あいつが何なんだよ」

「でももう仕事はじまるしさ」

松岡は大げさに時計を見た。

「じゃ今晩でもいいから、飯食いながら話をしようぜ」

ついさっき、用事があると言ってこちらの誘いを断ったばかりなのに、そんなことなどすっかり忘れている。

「あ、でも夜は駄目なんじゃないの？」

「そっちは大丈夫だからさ、なっ」

話をしているうちに八時半、始業の時間になってしまい、松岡と福田は慌ててエレベーターに乗り込んだ。

「仕事終わったらメールするから」

念を押すように肩を叩かれた。五階で先にエレベーターを降りた松岡は、一分の遅刻で自分のデスクに辿り着き、鞄を置くなり事務の葉山に近づいた。

「……ちょっと聞きたいことあるんだけど、今日一緒に昼食べない？　奢るからさ」


暑すぎず寒すぎず……十月の終わりのこの時期は、松岡にとって待ち望んだ季節だ。夏のように自分の汗臭さに辟易することもないし、冬のように凍える思いをすることもない。

少し冷たい域に差しかかった空気の中を、福田と並んで歩く。居酒屋へ行こうとしたら「俺さ、もう今月金ないんだよ」と言われた。

奢ってやってもよかったが、福田には借りたものは忘れて、貸したものは忘れないという悪癖があるので「俺もそうなんだよ」と嘘をついて、牛丼屋へ直行した。

席についた途端、福田は「彼女のことなんだけどさあ」と水も出ないうちから本題に入ってきた。

「そんな急ぐなよ。先に注文しようぜ。そういや俺もお前に聞きたいことがあるんだけどさ。こっちが先でいい？」

先でいい？　とわざわざ付け足した。それでも「俺の方を先に」と福田は言わず、おとなしくなった。そして牛丼の大盛りとビールを頼んだ途端、早速「お前の話って何？」ときた。早く松岡の話を終わらせて、彼女の話をしたいという態度がミエミエだ。

「総務でさ、お前の嫌いな寛末……だっけ？　転勤になるだろ。あれってやっぱり左遷なの」

福田は軽快な口調で「そうそう」と呟き、前髪を掻き上げた。

「今までの成績や、就業態度を見ての結果だけどな。まあ、人事も妥当なトコを選んだんじゃないかって思うよ」

成績はともかく、就業態度は向こうの方が上だろ……と内心思う。

「でもさ、寛末ってそんな歳いってないだろ。三十三、四だよな。見たとこ」

「三十三だよ」

「給料面を考えたら、もっと上の奴を切った方が会社的にもメリットは大きいんじゃないの」

福田は他人事のように「さあね」と呟き「人事のやることだからさあ」と肩を竦めた。

「けど就業態度を報告するのは上司のお前だろ。ってことは、かなりシビアに書いて出したんじゃないの」

「あ、やっぱわかる？」

福田は嬉しそうに横目で松岡を見た。

「人事って、ああいうのにも本当に目通してんだって今回のことでわかったよ。あいつのことさあ、もうすっごい嫌だったからけっこうキツイこと書いて出したんだよね」

人の一生を左右する出来事を、好きか嫌いかのレベルで振り回していいはずがない。それを軽い調子で話す福田に怒りを覚えたが「へえ」と相槌を打つに留めた。

「目に見えてわかる左遷だし、今回は流石《さすが》に奴も落ち込んでるよ。俺もあと五日で顔を見なくていいって思ったら、ちょっと同情するっていうかさ」

同情も何も、そうさせたのはお前だろうと首根っこを摑んで揺さぶりたかった。

「そういや明後日、寛末の送別会があるんだよ。あいつの下で働いてた奴が企画してさ。俺はそんなのしなくていいんじゃないかって思ってたんだよ。ほら、左遷なのにこう派手に送り出すってのも嫌味な感じだろ。だから黙ってたのに、やっぱお節介な奴がいてさ。あーあ、金欠で金もないのに、どうして奴の送別会に金払わないといけないんだろ。理不尽だよ」

最後には理不尽ときて、松岡は脱力した。どうしてこんな奴を主任にしたのか、総務の部長の神経を疑う。そこそこ器用に仕事はこなしたとしても、人間性はゼロだ、ゼロ。

ここで牛丼がきて、話は一旦中断した。松岡は丼をかき込んだが、怒りに味覚まで支配されてしまったようで、ちっとも美味くなかった。福田はビールを半分ほど飲み干すと、カーッと息をついた。

「寛末っていえば、一つだけ気になってることがあるんだよ。ちょっと前だったかな、奴がすっごい美人と歩いてたのを事務の女の子が見たって言うんだ。それも半端な美人じゃなくて、女から見ても惚れ惚れするぐらい綺麗な顔をしてたらしくってさ。奴に聞いたら『友達』って言ったらしいんだよ。そんなに美人ならみんなに紹介しろって突っついたらしいけど、絶対に『うん』って言わなかったんだよな」

あの真面目な男が、自分を好きだと言った男がほかの女と外を歩くはずもない。

『美人の女』は間違いなく自分だ。

「よく考えりゃ、あの寛末に美人の彼女なんてできるはずないんだよ。顔はイマイチだし、髪型はダサいし、スーツも年中一緒でさ。俺はその女、ソープかキャバ嬢じゃないかって睨んでんだ。奴は客でさ。それだったらみんなに紹介できない理由も納得できるだろ」

どこまで寛末を貶めたら気がすむんだろうと思った。

「そうだ、送別会の時にその辺を攻めてみるってのもアリかな。電話しろって突っつかけさせて、彼女から何の仕事してるか聞き出すの。うわ、すっげえ面白そう」

松岡は空になったビールグラスをダンッとカウンターの上に置いた。福田が驚いて振り向く。

「急に何だよ」

「あ、悪い。ビール切れたからさ」

すぐさま出された二杯目のビールを、松岡は一気に飲み干した。

「そいつの送別会って、どこであるの？」

「場所？　東通りにある『ムア・スアン』ってベトナム料理店らしいけど。それがどうかしたか？」

松岡はゆるく息をついた。

「今度、ウチでも送別会あるから、参考までに聞いただけ」

そこ、けっこう美味いらしいぞ、と呟いた後で、福田は「俺の彼女のことだけどさあ」と切り出してきた。

「お前が今朝言いかけてたことって、何だよ」

「ああ、あれね」

松岡はフッと息をついた。昼、葉山にランチを奢るかわりに色々と情報を得た。岡林は営業の吉田とまだ付き合っていて、福田とは二股だとか。だけど本命はクラブのホストで、その男に入れ揚げすぎて金がなくなり、二人の男に貢がせたブランド品を売ってはしのいでいるとか、まあ呆れるほど節操がなかった。

男を手玉に取るぐらいならまだ可愛いかもしれない。究極はセックスの具合まであちらこちらに漏らしているということだ。一番上手いのはやっぱりホストで、吉田もテクはソコソコらしい。松岡は同情せざるを得なかった。もし岡林と付き合わなければ、福田は早漏の男マグロだと知られることはなかったからだ。

「もったいぶらずに、教えろよ」

急かされて、松岡は心を決めた。沈黙という情けをかけてやろうと思ったが、寛末への酷い仕打ちを聞いてその気も失せた。

人の口から伝わってくる事柄が、どこまで本当か知らない。知らないけど、今ばかりは無責任な男になって、葉山から聞いたことを全部、垂れ流してやろうと思った。

松岡は東通りにあるベトナム料理店『ムア・スアン』から二軒離れた、シャッターの閉まった店の前に立っていた。

これが本当に最後の女装だった。花柄のワンピースはシンプルだけどラインがとても綺麗で、上に合わせたカーディガンは、とにかくもう可愛く見えるものを選んだ。百人の男が見て、その全員が可愛いと思うような女に仕上げたかった。

仕事中にプライベートな買い物をするのは初めてだった。そうでもしないと仕事が終わってからでは服を買いに行く時間がなかった。

外から見て、品がよさそうで可愛い服が揃っている店に飛び込んだ。店で女物の服を買うのは初めてだったが、躊躇《ためら》いはなかった。

「彼女の誕生日に服を贈りたいんです。サイズは俺とほとんど同じぐらいでとにかく可愛い服を」

そう言うと、店員は疑う風もなく「優しい彼氏で、彼女も幸せ者ですね」とにっこり笑って服を選んでくれた。

寛末の送別会当日、松岡は急いでマンションに帰ると、綺麗に体を磨き上げ、一時間かけてメイクした。今までのテクニックを総動員して顔をつくった。気合を入れすぎると、厚塗りになって派手な顔になる。そうするとどうしても夜系の女のイメージになるから、とにかく目と二重を強調して、可愛い、けどとびきりの美人を目指した。

花柄のワンピースと究極の美人メイクで出来上がった鏡の中の女は、完璧だった。参考にした女性雑誌の中に出てくるモデルよりも、ずっとずっと可愛い。これだけ綺麗だと、我ながら空恐ろしいものがあった。それでもまだ不十分な気がして、松岡は鏡に向かって真剣に笑顔の練習をした。

マンションを出たのは午後八時で、店のある東通りに着いたのは八時半。松岡は建物の陰に隠れて福田の携帯電話にかけた。これから飲みに行かないかと誘うと、予想通り『今日は送別会なんだよ。この前話しただろ』と騒がしい中から声が聞こえてくる。

「それって、何時ぐらいに終わるの？」

『あと三十分ぐらいかな？　お前さ、今どこにいるの？』

「あーなんか電波の入りが悪いな。お前の声がよく聞こえないんだけど……あーっ、あれ…」

勝手に聞こえない振りをして、携帯電話を切る。そして向こうが折り返しかけてきても出ないつもりで電源をオフにした。

ゆっくり店の近くまでゆき、少し離れた場所に陣取って、店の中から送別会の面々が出てくるのを待った。来てから十五分もしないうちに、店からゾロゾロと大人数の客が出てきた。じっと目をこらしていると、大きな花束を持った男が出てくるのが見えた。寛末だ。福田もいる。送別会のメンバーが店の外へ揃ったところで、松岡はピンと背筋を伸ばした。こちらに背を向けている男にゆっくり近づき、そっと腕を摑んだ。

振り返った寛末は、背後に立っていた松岡に驚いて花束を落とした。向かいにいた若い社員が「寛末さん、大丈夫ですか」と慌ててそれを拾い上げる。集団が自分たちに注目してザワザワと騒がしくなる中、松岡は強引に寛末をその輪から外へと連れ出した。

「江藤さん、どうしてここに？」

寛末は信じられないといった表情で自分を見ている。松岡が猫のように体を擦り寄せると、寛末はそれだけで緊張してガチガチになった。震える男の手を取って、松岡は『たまたま通りかかった』と書いた。

チラリと残してきた輪を見ると、みんなが興味津々の目でこちらを見ている。松岡は集団に向かってニコリと微笑みかけた。何人かの男が締まりのない顔でニッと笑う。

『これから少し、付き合ってもらえませんか』

そう書いて、松岡は絡めた寛末の腕に力を込めた。

「あっ、あの……今日は僕の送別会だったんです。その、転勤になって……あ、でももう送別会は終わったのか」

しどろもどろな喋り。寛末は酷く動揺している。

「多分、大丈夫だと思う。みんなに最後のお礼を言ってきます」

集団に戻りかけた男の手のひらをぎゅっと握り締める。寛末は少し躊躇ったものの、強い力で手のひらを握り返し、松岡を連れて集団の中に戻っていった。

「今日はその、僕のためにありがとうございます。新しい職場でも頑張るので、小石川研究所に寄った折には声をかけてください」

みんな寛末ではなく、隣にいる自分ばかり見ている。興味本位の視線をニコニコと愛想のいい顔でかわし、松岡は喋っている寛末をじっと見つめた。ただならぬ関係だということを示すように。

「今日はここでおいとまします。ありがとうございました」

寛末がそう締めくくる。隣の、落ちた花束を拾い上げた若い男が「あのっ」と声をかけてきた。

「寛末先輩、隣にいる人ってひょっとして彼女ですか」

寛末が否定しようと口を開いたのがわかり、松岡は右手をそっと寛末の唇に押しあてた。集団に向かって、にっこりと微笑む。それと同時に周囲がワッとどよめいた。

「すっごい綺麗。こんな綺麗な人、私初めて見たかも」

アイシャドーの青色がやけに濃すぎる女性社員が、松岡を見てホッと息をついた。

「背高くて白くって……ホント、モデルみたい」

男性社員まで交ざって松岡を矢継ぎ早に質問攻めにした。

「どこで寛末先輩と知り合ったんですか？」

「いつから付き合ってるんですか？」

返事が必要な質問が増えてくる。松岡は戸惑った表情をつくり、寛末の肩口にそっと顔を寄せた。辺りが水を打ったようにシンとなる。

急かすように腕を掴み、松岡は寛末の目をじっと見つめた。無言のメッセージに、寛末も気づいたようだった。

「彼女、ちょっと急いでるみたいなので、すみません」

誰も寛末を引き止めようとはしなかった。二人、手を繋いだまま歩く。後ろから足音が追いかけてきて、振り返るとさっき寛末の隣にいた若い男が花束を持って立っていた。

「これ、忘れ物です」

花束は、なぜか松岡に向かって差し出されていた。花を受け取り、特上の顔でニコリと微笑むと、それだけで若い男は顔を真っ赤にした。

遠くに、一人呆然としている福田が見えた。間抜けな顔に、心の中で「ざまあみろ」と吐き捨てた。

明日、総務は一日中、寛末の恋人の話題で持ちきりになるんだろう。酷いことを言っていた福田の鼻を明かしてやりたい、それからはじまった今回の女装だが、効果は絶大だった。

女装した自分を、みんなが美人だと思えばいい。そして美人を恋人にしている寛末のことを、少しでも羨ましがればいい。

角を曲がり、背後から集団の気配が消えると、途端に繋いでいる手が恥ずかしくなった。手の力を抜いてみても、寛末は摑んでいる手を離してくれない。

「どこに行きましょうか」

立ち止まり、顔を覗き込むようにして聞かれた。繁華街だし、酒が飲める店はいくらでもあるが、敢えて二十四時間営業のコーヒーショップを選んだ。自分から誘いかけておきながら今更だけど、これ以上それっぽい雰囲気になるのは避けたかった。

コーヒーショップの中は自分たちよりも一回り若い世代の客が多く、場違いな気がした。空席の目立つ奥まった席を選んで座っても、周囲は少々騒がしい。

寛末がコーヒーを買いに行っている間、松岡は花束を覗き込んでいた。淡く優しい花の匂いがして、鼻を近づけて犬みたいにクンクン匂いを嗅いでいると、戻ってきた寛末にクスリと笑われた。

「その花、もらってください」

頷けずにじっと見つめると、寛末はニコリと笑った。

「遠慮しなくていいですよ。花をくれたみんなの気持ちはちゃんと受け取っているので。葉子さんの部屋に飾ってください」

松岡とて花などもらっても仕方ないが、寛末がどうしても自分にあげたがっているような気がして、頷いた。

花を隣の席の椅子に置いて、松岡はコーヒーを一口飲んだ。さっきから妙に腹が空くなと思ってよくよく考えたら、夕食を食べてなかった。完璧なメイクに夢中ですっかり忘れていた。

寛末は送別会で食べてきたばかりで、そう腹は空いていないはずだった。自分一人で食べるのもどうかと思ったが、やっぱり空腹には勝てなかった。

『少し食べてもいいですか？』

そう書いたメモをそっと寛末に渡す。男は慌てて「何がいいですか？　買ってきます」と立ち上がった。『自分で買ってくるので、気にしないでください』と書いて見せても「いえ、買ってきます」と言って引く気配がない。意地になって自分で買うと言い張っても、下手にこじれて気まずい思いをするだけだろうし、松岡は素直にホットドッグを一つ頼んだ。本当はそれぐらいじゃ全然足りなかったが、二個も三個も食べるのは品がないし、寛末に買わせてしまうことになるので遠慮した。

セルフサービスのカウンターで寛末が買っている間、ぼんやりとその背中を見ていると「ねぇ」と声をかけられた。一目で年下とわかる、背の高い茶髪の男。奇妙な柄のシャツを着ていたが、似合っていたので趣味は悪くなさそうだ。

「一人？」

女装でいるとよく声をかけられるけれど、大抵歩いている時なので無視していれば振りきることができる。それでもしつこい時には『約束があるから』と言って追い払う。松岡はチラリとカウンターの寛末に視線をやった。喋れないことにしてある以上、声を出すことはできない。寛末に聞かれたら嘘が一発でばれる。

「一人ならさ、飲みに行かない？　感じのいい店知ってるんだけど」

困った表情をつくっても、相手も引く気配がない。松岡がメモ帳を取り出して、相手がいるんだと書こうとした時「彼、知り合い？」と寛末の声が聞こえた。顔を上げると、ホットドッグのトレーを手にした寛末が向かいの椅子に腰掛けるところだった。

男はバツの悪そうな顔をすると「男連れならそう言えよ」と吐き捨て退散した。寛末はホッと息をつく。

「どうぞ、食べてください」

トレーが目の前に差し出される。松岡はお礼のかわりに少し頭を下げてから、ホットドッグを手に取った。お腹が空いているのは確かなのに、酷く食べづらい。それは向かいの男が露骨なほどジッとこちらを見つめているせいだった。

たった一個のホットドッグでお腹がいっぱいになり、松岡はマスタードで汚れた指先を紙ナプキンで拭《ぬぐ》った。

「今日はどうして街に出てたんですか？」

食べ終わるのを待ち構えていたようにそう聞かれた。

『特に理由はありません。暇だったから』

メモに書きつける。

「誰かと約束をしていたんじゃないですか？」

松岡は首をゆっくりと横に振った。

「僕を見つけたのは、偶然ですか？」

大きく頷いた。

「どうしてみんなの前で、僕の恋人のような振りをしたんですか？」

どう返事をしていいのかわからなかった。だから『何となく』と曖昧に書いて濁した。

「何となくでそういう振りをするんですか？　僕が好きだと言ったこと、忘れたわけじゃないですよね」

言われて初めて、松岡は思わせぶりな自分の態度を反省した。一方的に関わりを断っておきながら、気が向けばしなだれかかって甘える。これでは寛末が怒っても無理はなかった。

『ごめんなさい』

メモに書いて差し出す。それを読んだ寛末は、テーブルに肘をつき頭を抱えた。謝ったことで更に怒らせたような気がして、どうすればいいのかわからなくなる。とはいえ、ごめんなさいと何枚もメモを書いたところで、同じことだろう。

寛末の態度が居たたまれず、テーブルの下で松岡は膝の内側を何度も擦り合わせた。許されるなら、このまま家に帰りたかった。

「正直なところ、僕は困っているんです」

ようやく寛末が顔を上げる。その表情が怒っているものではないことに、松岡はホッとした。

「君が僕に声をかけてくれてとても嬉しかった。恋人みたいな振りをしてくれた時も、夢を見ているようだった」

テーブルの上に置いていた両手を摑まれて、背中がビクリと震えた。

「君は僕のことをどう思っていますか？」

はい、いいえで答えられるような問いかけではない上に、両手を摑まれて字も書けない。ただ向かいの男の顔を見つめるほかなかった。

「好きな人がいると言ったけど、その人と付き合っているんですか？」

松岡は首を横に振った。横に振った意味を、深く考えてはいなかった。

「付き合ってないんですか？　それじゃあ江藤さんの片想いなんですか」

付き合っていないとしてしまった以上、頷くこと以外できなかった。

「どうして気持ちを伝えないんですか。君ぐらい綺麗な人だったら、きっと誰でも……」

そこまで喋ったところで、寛末は口をつぐんだ。眉間に皺を寄せ、難しい顔で俯く。

「僕に可能性はありますか」

怖いほど真剣な目で聞かれた。

「君に好きになってもらえる可能性はありますか」

返事をするまでに、矢継ぎ早に言葉が押し寄せてきた。

「嫌いなら、街で僕を見つけたとしても無視しますよね。そうしなかったのは、たとえ友達だとしても僕に好意を持ってくれているからだと思っていいんですか」

　握り締めた寛末の手にぐっと力が込められ、松岡の指先はまるで祈るように額に押しつけられた。

「君は僕の気持ちを知っています。それでもかまいません。退屈した時、寂しい時は僕を呼び出してください。そのかわり僕が君を好きでいることを、会いたいと思うことを許してほしいんです」

　それで……と言葉が続けられた。

「もし好きな人に気持ちが通じて僕の存在が邪魔になったら、遠慮なく言ってください。今度こそ僕は君を諦めます」

　自分のことのように胸が切なくなった。もし自分が女で、この状況だったら一も二もなくOKしている。こんな男の純情を見せつけられて、なびかない女がいたとしたらそっちの方がおかしい。

　熱のある感情に引きずられながら、淡い疑問が胸を過《よ》ぎった。普段はメールでやり取りするだけ、会ったのはこれで五回目。それなのに、これほどまで好きだと思う感情はどこからくるんだろう。世間話はしても、胸のうちをさらけ出すような話はしていない。それでもこの男は自分を好きだと言うのだ。

女の姿で会うのが不自然だというのはわかっていた。わかっていたから、会わないでいようと思ったのだ。だけど今はその不自然さに目を瞑《つむ》っても、知りたいと思う。男が自分を好きだという気持ち、それがどこからきたのか、どれほどのものか見極めてみたくなった。

メールのやり取りを再開しても、顔を合わせることはなかった。寛末も会いたいとは言ってこなかった。前に「会いたい」と切り出した途端、松岡が決別を言い渡したので、それを気にしているようだった。

寛末の送別会から一ヵ月ほど経った金曜日、松岡はマンションに帰ってから寛末と会話のような短いメールのやり取りをしていた。以前と違い、寛末は松岡に仕事の話もするようになっていた。なかなか新しい職場に馴染めないらしく、メールで何度も『僕は気が利かないので』と繰り返していた。気が利く、利かないではなく、研究所なんて専門分野にいることが問題なんじゃないかと思ったが、自分は内情を知っているとは言えないので、黙って聞いているしかなかった。

人間関係が上手くいかないのを、ひたすら自分のせいだと寛末が思いつめているのがメールの文面からもひしひし伝わってきて切なかった。自分が無能だと、バカ正直に自分に言ってくるあたりもたまらなかった。上司がクソ意地悪いとか、ほかに責任転嫁することができれば少しは楽になれるんだろうけど、そういうタイプの男でもない。こういう時は少しでもいいから福田の持っているようなしたたかさがあればと、歯がゆくなった。

仕事の話をしていると、どんどん寛末のメールの内容が深刻に、重たくなってくるので、少し話題を変えようと、松岡は『明日はお天気だそうですね』と送った。すると『何か予定はあるんですか』と聞かれ『きっと家でゴロゴロしてると思います』と返信すると、しばらく時間を置いてから『それならどこかへ出かけませんか』とメールがきた。

内心、しまったと思った。予定がないからと送ってしまった手前『急に用事を思い出して、やっぱり明日は都合が悪いです』というのもわざとらしい。

松岡は悩んだ。ここで断ったら、傷つけるような気がする。だけどやっぱり女装で会うのは不自然で……考えて考えた末に『どこへ連れていってくれるんですか』と返信した。会ってもいいと覚悟を決めたメールだった。

すると送ってからほんの一分も経たないうちに、浮かれたメールが返ってきた。

『どこへ行きたいですか？　リクエストはありませんか』と聞かれて、『寛末さんにお任せします』と返した。

おやすみなさいのメールを送った後、松岡は考え込んだ。待ち合わせは午前十時。それからきっと夕方まで寛末と共に過ごすことになる。そんなに長時間、女装をした状態で寛末と一緒にいるのは初めてだった。何かの拍子にうっかり声を出してしまわないか、ウイッグが外れてしまわないかと不安はあるが、それを今から考えていても仕方なかった。

松岡は不安要素を頭の中から排除しつつ早々にベッドに入った。睡眠不足は肌に大敵。化粧のノリが悪かったら、もう目も当てられなかった。

翌日は天気予報に見事に裏切られ、朝からしとしとと雨が降っていた。松岡と寛末は巨大テーマパークの入り口に、呆然と突っ立っていた。土曜日なのにテーマパークへ向かう電車が空いていたことや、ゲートへ向かう人が少ないのは気になっていたが、それも単純に雨のせいだろうと思っていた。

まさか土曜日に休園しているなんて想像もしなかった。松岡も驚いたが、それ以上にショックだったのは寛末のようで「本日休園」のプラカードを見た途端、ピクリとも動かなくなった。

「すみません、僕が事前に下調べしておかなかったので」

今にも消え入りそうな声で謝られ、松岡は慌てて『大丈夫だから、気にしないで』とメモに書いた。テーマパーク直結の駅へ戻る間、寛末は俯いたままほとんど喋らなかった。口を開いたとしても、出てくるのは謝罪の言葉ばかり。自己嫌悪している姿に、松岡の方が居たたまれない気持ちになった。

行きの電車の中では色々な話をしながら来たのに、帰りの電車は無言だった。何とか寛末を浮上させられないものかと、松岡は考えた。

『王様になれるゲームをしましょう』

そう書いたメモを見せると、寛末は俯けていた顔を上げた。

『ジャンケンをして、勝った方が一日王様になるの。王様の言うことには、絶対に逆らったりしちゃいけないのよ』

ようやく寛末が少し笑った。

「僕だと王様で、君なら女王様になるのかな」

松岡はにっこり笑って、右手を軽く握って胸許まで上げた。

「もうジャンケンするの？」

頷くと、寛末も同じように右手を握った。リズムを合わせて、一、二、三でジャンケンする。結果、松岡が勝った。

「女王様、僕は何をすればいいでしょう」

おどけた調子でそう言う寛末に、松岡は『向こうの駅に戻ったら、パスタが食べたい。知っている店があるから、そこに行っていい？』と書いた。

「わかりました。女王様」

うやうやしく寛末は頭を下げた。

『それと、お昼を食べたら美容室に行こうね』

メモを読んだ寛末は「美容室なの？」と問い返した。だけど松岡はにっこり笑ってそれ以上何も言わなかった。

寛末は戸惑っていたけど、松岡は楽しかった。パスタを食べた後、松岡は寛末を洒落た雰囲気の美容室へ連れていった。予約なしで大丈夫なのか心配だったが、雨でキャンセルが出たとかで、カットとカラーリングをしてもらえることになった。

不安そうな顔でシャンプー台に拉致されていく寛末に、軽く右手を振る。男がシャンプーをしてもらっている間に、松岡はヘアカタログで髪型を選び、カラーリングの色を決めた。カラーは派手すぎないダークな茶色、髪はもう少し短めにして、毛先に動きがでるようなカットを選んだ。

寛末がカラーリングとカットをしている間、松岡は雑誌を読んだり、外の雨を眺めたり、どうにも不安そうな顔で鏡の前に座っている寛末の表情を見て過ごした。一時間半ほどで全てが終わる。プロの手によって仕上げられた寛末の髪は、ボリュームがあるのにスッキリしていて、前と比べて五割増しぐらいかっこよくなっていた。

自分の目に狂いはなかったと松岡は確信した。髪型さえどうにかなればかっこよく見えるだろうと思っていたら、やっぱりそうだった。おまけに寛末は眉の手入れまでされていて、少し笑った。

支払いは……と気にする寛末に『今日は私が女王様だから気にしないで』と書いて渡し、次なる目的地に連れていった。向かった先はショッピングモールで、松岡は片っ端から店に入り、ウインドーショッピングを楽しんだ。

二人とも視力はいいのに眼鏡店へ入り、店員の冷ややかな視線をよそに眼鏡をかけて遊ぶ。フレームの細い小ぶりの眼鏡は寛末にとてもよく似合っていて、かけているだけでお洒落の上級者という雰囲気が漂った。ダテでも買わないかなと思ったけど、寛末はそういう遊びに金を使ったりはしなかった。

次に入ったのは、メンズ服が専門のブランド店だった。驚くほど高くないし、カジュアルラインが充実しているので、松岡もよく利用していた。

実は朝からずっと気になっていたことがある。それは寛末の服装だ。スーツはどんな男もそこそこに見えるけど、私服は違う。個人の趣味がモロに出る。そして寛末のセンスはお世辞にもかっこいいとはいえなかった。格子柄の厚手のシャツは色褪せて皺になり、中のTシャツも随分とくたびれている。おまけにベージュ色の綿パンツは前後にタックが入って、ダボッとしたラインで殺人的に野暮ったかった。細いんだから、中年が穿くようなラインを隠す型じゃなくて、もっとタイトなものにすればいいのにと思っていた。松岡は色々なシャツやジャケットを手に取っては、マネキンよろしく寛末の胸許に合わせた。そうしているうちに、カーキ色で前面がジップアップの、今の季節にぴったりの上着を見つけた。

自分でも欲しいと思うぐらい感じがよくて、寛末に合わせてみると似合うような気がした。それと濃い色のジーンズを選び、男の手を引いて試着室に連れていった。

「ご試着なさいますか？」

店員にそう聞かれ、しどろもどろに「あの……」と言い淀む男に、選んだ服を渡して松岡はにっこりと微笑んだ。

「着てみるだけでもいいですか？」

消極的な寛末の言葉に、店員は満面の笑顔で「どうぞ」と返事をした。三分ほどで寛末は試着室から出てきた。もともと背が高い男がシンプルなジーンズを穿くと、足が長く見えた。ジーンズと上着の相性もよくて、洗練された匂いが漂う。

「よくお似合いですよ」

店員がここぞとばかりに褒めあげる。寛末自身もまんざらではなさそうだ。

「ジーンズは持ってないし、こういう上着も初めて着るのでどうかなと思うけど」

「お持ちでなかったら、この機会に是非ともいかがですか。ジーンズは一年中使えるアイテムですし、上着も真冬と真夏をのぞいて長い間、着られますよ」

寛末が松岡を見た。

「どう思う？」

男の右手に『かっこいい』と書いた。それを見ていた顔が、真っ赤になる。

「気に入った？」

大きく頷いた。

「それじゃあ、これをください」

店員は笑顔で「ありがとうございます」と大きく頭を下げた。試着室の中に入ろうとした寛末を引き留める。首を傾げた男の手に『そのまま、デートしよう』と書いた。

着ていた服をショップの紙袋に入れ、店を出る。並んで歩くと、今まで振り返られるのは自分だったのに、寛末を見ている視線も感じるようになった。それも無理はない。本当にびっくりするぐらい、寛末は垢抜けてかっこよくなった。鏡のようになった店のショーウインドーに、自分たち二人の姿が映る。並んで歩く姿は、本物の恋人同士のようだ。

遊び歩いたショッピングモールが終わる。雨は相変わらず降り続いて、その中を歩く煩わしさが嫌で、近くにあるビルに入った。女性向けの洋服のブランドショップが入っているビルだが、二階に感じのよさそうなカフェがあった。

窓際の席を選んで、向かい合って腰掛ける。寛末はフッと息をついた。

『連れ回してごめんなさい。疲れたでしょう』

メモをそっと渡すと、寛末は首を横に振った。

「いえ、楽しいですよ」

そう言ってにっこり笑う。

「普段は買わないような服も買えたし、違う自分を発見することができて、面白いです」

これを機会に、寛末がファッションに目覚めてくれたらいいのにと思う。そうしたらきっと女の子にもてるようになる。自分のこともすぐに忘れられる。そう思う反面、せっかく自分の手でこんなにかっこよくしたのに、タダで女の子に明け渡すのは惜しい気もした。

子供の声がしてふと視線をやると、三歳ぐらいの小さな女の子が、アイスクリームを片手に通路をちょこちょこと歩いていた。ハーフだろうか、薄茶色の髪に真っ白な肌、まるで人形のようだった。

あまりの可愛らしさに振り返る人が多く、ぼんやり見ていると、その子が二人の前でたすきがけにしていたピンク色のがま口財布を落とした。女の子は拾おうと前屈みになり、あっ……と思った時には俯せに転んでいた。寛末の買ったばかりのジーンズの膝下にアイスクリームをベットリと押しつけて。

ムクリと起き上がった女の子は、顔をぐしゃぐしゃと歪ませた後、火がついたように泣き出した。松岡はどうしていいのかわからず、とりあえず周囲を見渡して母親の姿を捜した。

「大丈夫、泣かなくていいからね」

椅子から立ち上がった寛末は、女の子の前で屈み込み、頭を撫でた。それでも泣きやまないとわかると、慣れた仕草で子供を抱き上げた。

「さて、おかあさんはどこかな」

呟き周囲を見渡していると、ようやく母親が現れた。若い母親は恐縮した顔で頭を下げ、子供を引き取っていった。二人が見えなくなってから、寛末はおしぼりでジーンズの裾を拭った。アイスクリームの垂れたベタベタした手で胸許を摑まれたせいで、上着まで汚れている。

ただ当の本人は汚されたことを気にする風もなく「さっきの子、可愛かったね」と暢気《のんき》に話しかけてきた。胸許の汚れには気づいてないようで、書いて教えるのもまどろっこしくなった松岡は、椅子から立ち上がり自分のおしぼりで寛末の上着を擦った。

ようやくシミが薄くなって寛末を見ると、顔が真っ赤になっていた。近づいただけでこれなんて純な男だなと、他人事のように思いながら、松岡は向かいの席に座り直した。

「ありがとうございます」

赤い顔で寛末は微笑んだ。

『子供の扱いが上手ですね』

そう書いて見せると、いやあ……と呟いて、すっきりした後頭部を掻き上げた。

「兄の子供がちょうどあれぐらいなんです。実家に帰った時はよく相手をしてやるんですよ。あの頃の子供って純粋だから、一緒にいるとこっちの方が癒されるんです」

『寛末さんは優しい人ですね』

メモを読んだ寛末は、自嘲気味に笑った。

「僕は優しくなんかないですよ」

からかったつもりはない。本心からなのに、どうしてそんな反応を示すのかわからずに、更に書いて渡した。

『私のことも助けてくれたでしょう』

メモを見て、寛末は俯いた。

「靴を貸しただけですよ。お金は返してもらったし」

『それでも、あの時私に声をかけてくれたのは寛末さんだけだった』

テーブルの向かいの相手が黙り込む。松岡は今ほど「声が出ない」という設定にしたことを悔やんだことはなかった。声さえ出たら急かすこともできるし、もっとテンポのいい会話ができたはずだ。

「声をかけたのは、二度目に君を見かけた時なんです」

そんなこと言われなくたって知ってる。

「最初に見た時は、声をかけられなかったんです。僕は職場の人と一緒にいて、君を『変な女』だと言う同僚を否定できなくて、見なかった振りをしたんです。けどやっぱり気になって一人で戻って、だけど声をかけるのにとても時間がかかった」

寛末が松岡を見た。

「本当に優しい人間だったら、きっと最初に君を見た時に声をかけていたと思うんです。僕のように迷ったり、躊躇ったりせずに。だから僕は優しい人間なんかじゃないんですよ」

言おうとしていることはわかる。わかるけど無性に腹が立った。

『あなたは神様にでもなるつもり？』

メモの内容に、寛末は驚いた顔をした。

「神様って……」

『だってそうでしょう。そんなの当たり前じゃない。道端に見ず知らずの、得体の知れない女がしゃがみ込んでて、関わるのが面倒だから声をかけなかったなんて普通のことでしょう。私だって逆の立場だったら無視するわ。絶対に関わったりしない』

言葉で喋ったらすぐなのに、書かなければ伝えられないことが酷く鬱陶しかった。

『面倒なんて嫌だもの。それをわかってあなたは声をかけてくれたんでしょう。だから私はすごく嬉しかったの。後だから、先だからとかそんなことで卑屈になる必要なんてないのよ。そういう話を聞いていると腹が立つわ。あなたが偽善的に思えてくる』

寛末はメモを読んでいるうちに、みるみる頰を強張らせた。

『私だって嘘をつくし、意地悪するし、面倒なことがあったら見ない振りをするわ。あなたはそんな私を軽蔑するの？』

「そんなつもりじゃ……」

松岡は首を横に振った。

『もっと素直になったらどうなの。好きなことは好き、嫌いなことは嫌って言って。人はそういうものだって認めたらどうなの』

寛末は俯いた。項垂《うなだ》れた男の頭を見ているうちに、どうして自分がこんなに熱く語っているのかわからなくなった。はっきり言って寛末には何の落ち度もない。助けたことを、優しいが故の悩みをどうして他人にズバリと刺されないといけないのか、本人が一番納得いかないはずだ。

会話が途絶えてしばらくしてから、ウエイトレスが「お下げしてもよろしいでしょうか」と近づいてきた。店も込み合ってきたし「そろそろ出ましょうか」と声をかけられて、松岡は頷いた。

店を出て、ショッピングモールの出口で立ち止まる。これから先の予定はない。

「もう、帰りましょうか」

沈んだ声で寛末が告げ、松岡も頷くほかなかった。傘を差して雨の中を歩く。先に歩く男の後ろ姿を見ながら、歯がゆさが全身を食《は》むのを感じた。優しくて、思いやりもあって、人間もできてて、純粋で真面目なのもわかっているのに、どうしてキツイことを言ってしまったのか、自分の言動の根本にあるものを考えてみる。

たとえば、同僚の福田には思ったことの半分も言わない。自己中心的で、薄情で、ご都合主義の男に面と向かってそんなことを言ったら、人間関係が成り立たなくなる。嫌な奴でも、コツさえ知っていれば表面上はいくらでも付き合えるというのが現実だ。

さっきメモに書いた言葉は松岡の本音。好きと嫌いを超えた深い部分を、無性に言いたくてたまらなかった。

電車の駅に着いて切符を買う。お互い見事に反対方向だった。地下への階段を下りて、奥が寛末の、手前が松岡の乗る方角になる。それぞれのホームへ続く階段の手前で、寛末は足を止めた。

「今日は僕に付き合ってくれてありがとう。最初から失敗してごめんね」

最後に自分が一方的に攻撃しなかったら、楽しいデートで終わっていたかもしれない。俯いてまともにこっちを見ようとしない態度に、寛末が自分に嫌われたと思い込んでいるような気がした。別れる前に誤解だけでも解いておかないと、帰ってから男は一人で悶々と悩むんじゃないだろうか。

『私は優しい人が好きです』

男は松岡が手渡したメモをじっと見ている。視線の先に、もう一枚差し出した。

『優しくありたいと思っている人も』

寛末が顔を上げ、少し笑った。泣いてしまいそうなほど潤んだ瞳に見つめられて、松岡は胸がザワリと騒いだ。

「僕は車の運転ができないんです」

唐突な言葉と共に、強く両手を握り締められた。

「大学生の時に車で人身事故を起こしたんです。自転車の高校生にぶつかって、幸いその子は大した怪我はしなかったけど、それ以来怖くて車を運転できないんです。簡単に人を傷つけられるんだということが、加害者になった自分が怖くて、車は駄目なんです」

松岡は寛末が何を言いたいのかわからなかった。

「臆病で、情けない男なんです。それは自分でもよくわかってます。大した趣味もなくて、運動も苦手で、話をするのも得意な方じゃありません。今まで付き合ったことのある女性には、いつも退屈な男だと言われてきました」

それは寛末が悪いんじゃなくて、そんなことを言う女を好きになるのが間違っているんだと言いたかったけれど、言えなかった。

「だから……話のできない君だったら、口下手な僕でも気にしないでいてくれるんじゃないかと思ったんです」

飛び出した本音に、松岡はギョッとした。

「酷い男だと思ってもらってもいいです。それでも僕は君に本当の話をします」

握り締める手の力が痛いほど強くなった。

「口がきけないというハンディがあっても、君は明るいし自分の意見をはっきり言える。自己が確立した、大人の女性だと思います。僕とは全然違う、強い人です」

松岡はゴクリと喉を鳴らした。真剣な眼差しから目が逸らせない。

「僕は君が好きです」

告白に、なぜか頭がクラリとした。

「困らせることになっても言いたい。僕は君が好きです」

胸がドキドキした。自分ではなく、「江藤葉子」に向かって言われている言葉だとわかっていても、変な気持ちになった。前にも好きだと言われたのに今日は全然違う。

「家に帰したくない」

切ない声で告げられた。

「もう誰にも君を見せたくない。触らせたくない。連れて帰って、僕だけの宝物にしたい」

次の瞬間には抱き締められていた。男の首筋からは、整髪料の匂いがした。

「江藤さん」

名前を呼ばれて顔を上げる。キスの気配を感じても逃げなかった。逃げないといけないという頭も働かなかった。乾いた唇、触れるだけの、穏やかで優しいキスだった。一度離れて、寛末は愛しむ《いとお》ようにそっと松岡の頬を撫でると、もう一度キスしてきた。

ほぼ一年ぶりのキスは、正直気持ちよかった。寛末の腕の中でうっとりしていた松岡は、髪をまさぐられる気配で我に返った。ウイッグが後方に少しずれた。

渾身の力で男を突き飛ばし、松岡は逃げるように階段を駆け下りた。ずれたウイッグを直したいけど、鏡がない。放っておいてくれればいいのに、後ろから寛末が追いかけてくる……。

「逃げないで、葉子さん」

ヒールでは速く走れない。とうとうホームの中程で捕まってしまった。

「突然あんなことして、君が怒るのも無理はないと思う。ごめんなさい」

ずれた生え際がわからないよう、松岡は俯いた。

「でも本当に僕は君が好きなんです」

わかったから、今日はもう放っておいてくれ。松岡が摑まれた両手を解こうと躍起になっても、本気の男の力にはかなわなかった。

遠くから電車の近づいてくる気配がする。松岡は意を決して顔を上げた。情けない男の顔をじっと見つめ、すっと体を近づけると、乾いて優しい唇に自分から口づけた。男がビクリと震えて、摑んでいた手の力がスッと弱まる。

呆然とした男に会釈のような曖昧な頭の下げ方をしてから、摑む両手を振り払って後方の電車に飛び乗った。男は追いかけてこなかった。ただ呆然と、電車に乗って遠くなる自分を見つめていた。

電車で一人になった途端、松岡は恥ずかしくなった。いくら夢中だったとはいえ、駅のホームなんて公衆の面前で自分がキスする日がくるなんて思わなかった。中にはそのシーンを見ていた人もいるわけで、そう考えるとたまらなくなり、二つ先の車両まで歩いて逃げた。

頰は変に熱くなり、何度もさっきのキスを思い出しては胸が騒ぐ。自分がおかしくなったような気がして気持ちが焦る。そうしているうちに、メールの着信音が聞こえた。絶対に寛末からで、読むのが怖いような、早く読みたいような、説明のしようのない曖昧な気持ちで、携帯電話を取り出した。

『君の顔が見たい』

謝罪でも、言い訳でもない、本音の寛末がそこにいた。どう返していいのかわからず、返事ができないままマンションに帰った。何もする気が起きなくて、居間のソファに腰掛けてぼんやりと壁を見つめる。

休園していたテーマパークのことや、王様ごっこのこと。カフェでの言い争い、駅での大胆なキス……そんなものがごっちゃになって、何度も思い出して、気持ちが落ち着かない。だけどそれらは決して嫌な感情じゃなかった。むしろその逆だ。

この感覚は知ってる。誰かのことが気になって、頭から離れなくて、嬉しくなったり、不意に悲しくなったり、気持ちが酷く不安定になって……。

仮にこれが恋愛感情だとしても、男同士なのに。松岡は苦笑いした。何回も何回も好きだと言われたから、勘違いしているだけだ。そうとでも思わなければ、自分の中の感情を説明するのは難しかった。

メールの着信音に、松岡は自分でも驚くぐらいビクリと震えた。慌てて開く。

『どんな言葉でもいいから、返事をください』

切羽詰まった気持ちが伝わってくる。返事をするまで、二度続けてはメールを送ってこなかった男だ。その法則が乱れてくる。返事をしたくても、松岡は何をどう相手に書けばいいのかわからなかった。自分は男で、本当は江藤葉子なんて人間はいません。あなたが盛大に愛を告白している相手は男ですと、言えるはずもない。携帯電話を前に腕組みして考えていると三回目のメールが届いた。

『後悔で、死にそうです』

訴えてくる男が、無性に可愛いと思った。それ以外にどんな言葉もあてはまらない。

『今日は…』

そこまで打ち込んで、消した。もう一度『今日は…』と書いて、ほんの数行の文章を打つのに、三十分ぐらい時間がかかった。

『今日はちょっと驚いたけど、楽しかったです。おやすみなさい』

メールを送信した後で、取り返しのつかないことをしたような気がしたが、書き送った言葉に嘘はなかった。

シャワーを浴びて化粧を落とし、女の世界から吹っ切れても、まだその余韻が残っている。無意識に何度も唇を触る自分はおかしい。

スッキリしなくて、その理由もわかるようなわからないような感じで、松岡は早々にベッドに入った。だけど興奮して眠れず、何度も寝返りを打つ。

ようやくやってきた浅い眠りは、松岡に奇妙な夢を見せた。寛末と向かい合っているだけという夢。喋らず、ただ立っているだけ。自分は男の姿で、それでも松岡は寛末が自分に寄せる愛情と欲望を知っていた。

気持ち悪いとは思わなかった。思わずに、自分はこの男とセックスするんだろうかと考えた。したいと言われたら、するのかなと。

　どんな体をしているのか、見てみたい気はした。抱き締められた時、広い大きな胸はとても気持ちよかった。
……この男はセックスも優しいんだろうなと、夢の中でもそう思えて仕方なかった。

　会いたいと言われても、会わなかった。もう会っちゃいけないと自分でもわかっている。だけど毎日、熱に浮かされたようなメールが寛末から届く。それを読むと、胸が熱くなってまるで自分も恋しているような気持ちになった。恋だろうか、いや気の迷いだろうと、そんな思いが交互に胸を過ぎる。どっちが正しいのか松岡にも本当のところはわからなかった。

　デートをしてからちょうど三週目の朝、モーニングコールの後で寛末からメールが届いた。

『夜の七時に、地下鉄日和佐《ひわさ》線の下田《しもだ》駅の前にある時計塔の前で待っています。君が来たくなかったら来なくてもいい。ただ、僕は何かしていないといられないんです』

その日、仕事をしている間も松岡は寛末のメールが気になっていた。行くつもりはなかったが、行かなければ寛末がずっと駅前で待ち続けるのかと考えると、切なかった。だから『今日は用事があるので、そこへは行けません』とメールを送った。用があって行けないというのなら、寛末も待たない気がしたからだ。メールを打ったのは午後六時、待ち合わせよりも前の時間だった。

外で夕食を済ませて、電車に乗る。待っても待っても寛末からの返事はない。嫌な予感がして、松岡は下田の駅前で電車を降りる。午後七時半を回っていた。

予感は的中し、駅前の時計塔の前には寛末が立っていた。松岡は物陰に隠れてメールを打った。

『今、友達と食事をしています。今日は待ち合わせの場所に行けなくてごめんなさい。また家に帰ったらメールをします』

送信すると、短いタイムラグの後に時計塔の前にいる寛末がスーツのポケットから携帯電話を取り出しているのが見えた。これで諦めて帰るだろうと思っていたのに、メールを読んでも寛末は時計塔の前から動こうとしない。

行けないといったのに、二度もメールを送ったのに、どうして待っているんだろうと松岡は苛々して靴の踵を踏み鳴らした。

いっそこの姿で声をかけてやろうか。今の今、あの男に教えてやろうか。江藤葉子はこの世に存在しない。あれは自分だったんだと。そしたらスッキリする。もう自分が女装の変態だと思われてもいい。

駅を出て、ゆっくりと時計塔の下にいる寛末に近づいた。男は一度だけチラリとこちらを見たものの、すぐに俯いた。正面に立つつもりだったのに、いざとなると向かい合えず、結局男の反対側に回り、自分も誰かを待っている振りをした。

切り出すタイミングを窺っているだけだと自分に言い聞かせた。第一声は「こんばんは」だろうか、それとも「はじめまして」になるんだろうかと真剣に悩んで、でもそれらが時間稼ぎの手段だというのも薄々わかっていた。

もう帰れよ。江藤葉子は来ないんだから。時計塔の後ろから何度も念を送っても、背後の影が動く気配はない。

ぽつりと頰に何か当たった。雨だ。空を見上げている間に、雨脚はどんどん強くなり、周囲を歩く人も自然と駆け足になる。松岡は慌てて駅の出入り口に向かった。

寛末は時計塔の前から動かなかった。どれだけ雨脚が強くなっても、雨の中で俯いている。わざわざ濡れるところで待ってなくたって、駅の入り口からでも時計塔の周囲は見えるのに動こうとしない。

男の手を摑み、雨の当たらない場所へ連れていくことはできない。だって自分は女の格好をしていない。江藤葉子じゃない。

そんな姿を見せるな……と思った。胸の奥がズキズキして、罪悪感とも何ともつかないものに押し潰されそうになる。

『もう帰ってください』

メールを送った。少しすると、それまでじっとしていた男が慌てて周囲を見渡しはじめた。無様なぐらいオロオロして、時計塔の周囲を歩き回る。犬みたいに何回も何回も。三十分ぐらいそうした後で、ようやく寛末は駅に入ってきた。目の前を行き過ぎた男は、傍迷惑なぐらい濡れそぼって、俯き加減の顔は青白く、死人みたいだった。

寛末が見えなくなった後で、松岡は少し泣いた。自分はあの不器用で要領の悪い男を好きなのかもしれないと、愛しているのかもしれないと、そう思った。

松岡はザンザン降りの中を傘もささずに濡れて歩いた。走りもしないのが奇妙に映るのか、すれ違う人の視線を強く感じた。

周囲の興味本位も気にならない。寛末と同じ「濡れる」状況に自分を置いたからといって、何がどうなるわけでもないのに、そうせずにはいられないほど自虐的になっていた。

マンションに帰り着く頃には、冷たい雨に体温を洗い流され、細かな震えがきた。電源を切ったままの携帯電話をテーブルの上に置いて、バスルームの中にこもる。湯舟の中でも、自然と俯き加減になる。繰り返し繰り返し、濡れていた男のことを考えた。自分はどうすればよかったのか、あの時あれ以外に何か手だてはあったんだろうかと。

行けないと言ったのに、自分勝手に待っていた寛末に問題はなかったんだろうか。答えなど出るはずもなく、憂鬱なまま湯から上がる。髪を拭いながら居間に戻ると、嫌でもテーブルの上のソレが目に入った。電源を切ったのは逃避。向かい合うのを避けている証拠だった。

俺は悪くない。言い聞かせながら、携帯電話を手に取った。電源を入れると案の定、寛末からメールが届いていた。

『来てくれてたのなら、どうして姿を見せてくれなかったんですか』

行けないと断ったはずだ。待っていたのは寛末の勝手で、そのことについて責められる覚えはなかった。

『僕が迷惑で、会いたくないならはっきりとそう伝えてください。嫌いだと言ってくれたら、僕はもうあなたに二度とメールを送ったりしません』

選択肢を掲げられる。続けるか、やめるか。いっそ嫌いだと書いて送ってしまおうか。そうしたら寛末は二度とメールを送ってこないだろう。約束の言葉通り。

ここで寛末との関係が切れたとしても、今度は松岡洋介として向かい合えばいいだけの話だ。

嫌いなわけじゃないし、嫌いだと言うと傷つくのがわかっていたから、好きな人を忘れられないからと嘘のメールを書いた。送信しようとして躊躇う。これを送ったら、下手したら本当に最後になるかもしれない。それがわかっていたから迷って、迷った末に送れなかった。

ずるずると引きずる恋愛が、寛末のためなのか自分のためなのか、松岡はだんだんとわからなくなってきていた。

平日の繁華街は賑やかだが、今日はいつもより街の雰囲気が、人の足並みがザワザワと落ち着かない気がする。十二月も半ばを過ぎ、年の瀬が近づいているからかもしれない。

会社から居酒屋までは歩いて十分ほど。両手はコートのポケットに突っ込んでいたのに、着く頃には指先がすっかり冷たくなっていた。

午後八時過ぎ、藍色の暖簾《のれん》をくぐり店の中に入ると「いらっしゃいませ」という気持ちのいい声が飛んできた。愛想のいい顔で「こんばんは」と返事をしながら、狭い店内に視線を走らせる。中はそれなりに混雑していたが、今日も彼の姿は見つけられない。

落胆と共に零れ落ちるため息。彼がいないからといって回れ右できるはずもなく、コートを脱いで一つだけ空いていたカウンターの席に腰掛けた。適当につまみを頼んで、静かにビールを飲む。

ここ最近、毎日のように顔を出しているのに、一度として彼を見かけたことはなかった。勤め先が変わり、馴染みの店から足が遠のいたんだろうなと想像できたが、それでも松岡はこの居酒屋以外に寛末との接点を見つけられなかった。転勤する前なら部署が同じだった福田繋がりで何とかなったかもしれないが、研究所となると遠いし、営業との関わりはない。結果、ひたすらここで待って、声をかけるという作戦しか思いつかなかった。

店の引き戸が開くたび、視線がそちらを向いてしまう。まるで条件反射だ。

「誰かと待ち合わせ？」

六十過ぎであろう初老のおかみさんが、にっこり笑いながらきびなごの揚げ物を差し出してくる。

「そういうわけでもないですけど……」

受け取りながら、ため息をつく。口にした揚げ物は、香ばしくて美味しかった。ガラガラと戸の開く音が聞こえたけれど、今度は振り向かなかった。度重なる外れに自分でもうんざりしていたからだ。

雨の日の『迷惑なら迷惑だとはっきり言ってほしい』が寛末からの最後のメールで、あれから二週間ほど経つが一度も連絡はない。結局、松岡も返事を送れないままだった。

これで自分が連絡をしなければ、寛末と江藤葉子は自然消滅になる。だからこそ今度は素の自分で、松岡洋介として知り合いたいと思っているのに、会えない。もし自分が江藤葉子だったら、メールの一つで会えるのにと思うと腹立たしかった。そのことも、そう考えてしまう自分も。

「赤貝の味噌汁と焼きおにぎり、それとうつぼのたたき、もらえますか」

間近で聞こえた彼の声に、手にしていたビールのグラスを落としそうになり、ひやりとした。間に二人を挟んだその向こうに彼がいる。さっきまでそこは空席で人はいなかった。

「久しぶりだねえ、寛末さん」

店の主人が話しかけると、寛末はカウンターの上に両肘をついて、笑った。何だか疲れたような笑みだった。

「最近、異動になったんです。新しい職場が遠くて、なかなかここまで来られなくて。今日はたまたま本社に用があったのでこっちに来たんですが、久しぶりに親父さんの店の魚が食べたくなって」

サラリーマンも大変だねえ、と主人はため息をついた。

「いや、大変なのはどこでも同じだと思いますよ。……熱燗《あつかん》もらえますか？」

突き出しを肴に、寛末は手酌で酒を飲んでいた。待ち望んだ男がすぐ傍にいるのに、声がかけられない。そのもどかしさに苛々する。せめて席が隣なら「同じ会社の人ですよね」と話しかけられるのに。自分と寛末を阻む二人の男が猛烈に煩わしかった。

「寛末さん、本当にお久しぶりねえ」

おかみさんが味噌汁とおにぎりを寛末の前に置いた。

「ここのところご無沙汰だったでしょう。その前にすごく綺麗な子を連れてきてたから、きっとその人にご飯を作ってもらえるようになったのねって主人と話をしてたのよ」

寛末は困ったように笑った。

「彼女には振られたんです」

おかみさんは「あら、ごめんなさい」と目を伏せた。

「気にしないでください。本当に綺麗で優しくて、僕なんかにはもったいない人でしたから」

おかみさんは「すぐまた好きな人ができるわよ」と彼を慰めていた。二人の話を聞きながら「振ったわけじゃないのに」と心の中で言い訳したが、それと酷似した状態なのは否めなかった。

寛末に声をかけられないでいるうちに店は満席になり、混雑して騒がしくなってきた。人の声も聞きづらくなってくる。

「そういやもうすぐクリスマスねえ」

おかみさんが寛末の隣の客と話をはじめた。

「うちの孫が十二月二十四日生まれの双子なのよ。誕生日もクリスマスもいっぺんですむと思ってたら、プレゼントも誕生日とクリスマスの二つ欲しいって言い出してねえ。双子だから二つの二倍でしょう。大変なのよ」

しみじみとため息をつくおかみさんに、隣から寛末が声をかけた。

「僕も誕生日が二十四日ですよ」

おかみさんは振り向くと「まあ、偶然ねえ」と大きく瞬きした。

「子供の頃は祝い事を一緒にすまされてしまうことが嫌でたまりませんでした。本来なら誕生日とクリスマスで二つ食べられるはずのケーキが一つになるわけでしょう。子供の頃って、そういうことが大問題ですからね」

「そうそう、うちの孫も同じようなことを言ってたわ」

話は寛末とその隣の客、おかみさんとで盛り上がってしまい、タイミングを窺うものの松岡は中に入れなかった。そうしているうちに寛末は「お勘定、お願いします」と言って立ち上がり、レジへと向かった。

支払いを済ませた寛末はおかみさんに「美味しかったです」と微笑むと、店を出ていった。松岡も後を追うように自分の支払いを済ませて外へ出たが、その頃には寛末の後ろ姿は随分と遠くなっていた。

足の速さに驚く。デートで一緒に歩いていた時は、寛末の歩調が速いなんて思わなかった。アリみたいに急いで歩く男にようやく追いついたのは、駅までの道のりも半ばを過ぎた頃だった。

追いついたはいいが、急ぎ足で歩く男に声をかけるのは難しかった。背後から「同じ会社の人ですよね。さっきの店でも一緒だったんですよ」と言うのも違和感がある。迷っているうちに地下鉄の駅に着いてしまい、寛末は手早く切符を買うと、ホームへ下りていった。

乗車口でようやく寛末が立ち止まる。その背後で息をついて「あの……」と声をかけると同時に、高い警鐘の音と重なるように急行電車が通り過ぎていった。轟音が過ぎてから、松岡は改めて「あのっ」と、半ばやけくそ気味に声をかけた。

「はい」

男が驚いた表情と共に振り返る。その顔を見て初めて、松岡は自分のかけた声が不自然に大きかったんだと気がついた。まるで喧嘩腰だ。

「何か？」

声をかけたら返事が返ってきただけだ。それなのに、言葉が詰まった。焦りは全身を巡り、額にドッと汗が噴き出す。営業で、世間話の類は得意のはずなのに、何も出てこない。頭の中は洗い流したように真っ白だ。

「僕に何か用ですか？」

問いかけられて「あの」と必死に言葉を搾り出した。

「同じ……同じ会社の人ですよね」

寛末はじっと松岡の顔を見てから、首を傾げた。

「小石川研究所の方ですか？」

「あ、いえ。本社の方で」

ああ、そうですか……と言うものの、寛末はどうして自分が声をかけられたのかピンときていないようだった。

「俺、本社の営業なんです。以前、コピーをしてた時に少し手伝ってもらったんですけど覚えてないですか。今日たまたま居酒屋で見かけて、あの時の人だなって思って」

ガタン、ガタンと電車の近づいてくる気配がする。だんだんと大きくなり、最初の車両が通過してしばらくしてから、長いブレーキ音と共に電車は止まった。

「申し訳ないですけど、僕はあなたの顔を、その……覚えてないんです。似た雰囲気の人は知っているんですが、その方は女性ですし」

寛末がすまなさそうに告げる。

「本当にごめんなさい」

謝りながら、視線がチラリと電車に注がれる。乗りたいと思っているんだろうなというのが、態度でわかる。帰りたがる男を引き留めることもできずに、営業用の顔で笑った。

「いえ、いいんです。そんな、気にしないでください」

「それじゃあ」

男が電車に乗ると同時に、ドアが閉まった。男は車窓からチラリとこちらを見て、視線が合うと軽く会釈してきた。

遠くなる電車を見ているうちに、虚しくなる。もしここに立っているのが江藤葉子だったら、乗れと言っても電車に乗らなかっただろう。

反対側の、自分の乗るホームに移動する。ベンチに腰掛け、電車を四本分見送っている間に考えた。

寛末は、江藤葉子と自分が似ていることには気がついた。だけどそれが本人だなんて夢にも思ってない。きっと想像もしてないに違いなかった。

頭を抱えた。これからどうやって知り合えばいいのかわからない。滅多にあの店に来ないと言っていたのに、どうやって偶然を装った機会をつくればいいんだろう。研究所の前で待ち伏せる？　あんな遠くの場所へ、毎日のように通うなんて無理だ。それなら帰りに待ち伏せる？　沿線が逆方向なのに。それなら寛末のアパートの近くのコンビニかどこかへ通い詰めて……。

そうやって顔なじみになっても、もっと親しくなるには、今の「江藤葉子」と同じ距離まで近づくには、いったいどれだけの時間がかかるんだろう。

江藤葉子だったら、会いたければ『会いたい』のメール一つであの男は飛んでくる。そして嬉しそうな顔で自分に笑いかけるに違いなかった。

どこを歩いていても、何かしらのクリスマスソングが聞こえる。街中が浮き足だったように落ち着きなくそわそわしている。

デパートの地下へと直結している地下鉄に、松岡は久しぶりの女装姿で乗り込んだ。白いファー付きのコートは、我ながら全体のラインが綺麗で、電車待ちをしている間に二人の男に声をかけられた。

ラッシュアワーとは微妙にずれているが、電車の中はそれなりに人が多い。ハンドバッグとは別に手にしている紙袋は、今買ったばかりのプレゼントが入っている。何にしようかと迷って、迷った末に手袋にした。黒い革のシンプルなデザインで、薄いのにとても温かかった。ネクタイや服は個人の趣味が大きいけれど、手袋だとさほどえり好みはされないし、黒だと無難に使ってもらえそうな気がした。

地下鉄の退屈な車窓に視線をやりながら、今日何回目になるかわからないため息をついた。あれから……駅で寛末に声をかけてから、顔を見てない。帰る時間がまちまちなのか、アパートの最寄り駅で待ち伏せしても会えなかった。松岡も仕事があるから、いつも同じ時間に待つことはできない。相次ぐ空振りで、焦燥はピークに達していた。

そうこうしているうちにとうとうクリスマスイブ当日になった。どうしてもプレゼントを渡したい。女装した理由はそれだけだった。単純に男を喜ばせてみたい。後のことは考えていない。

寛末のアパートの最寄りの駅で降りて、改札を抜ける。午後七時になっていたが、三階の306号室の部屋は暗かった。まだ帰ってきていないと確信して、もう一度駅の前に戻る。改札の前で、寛末が通るのを待った。部屋まで行ってもよかったが、どうして家を知っていると突っ込んで聞かれたら困る。それなら駅で偶然会う振りをすればいい。プレゼントは『人からもらったけど、男物らしいから』と言う。もらいものを贈るなど失礼かもしれないが、自分で買ったと言って期待させたくなかった。江藤葉子は綺麗さっぱりなくしてしまおうと思いつつ、いざとなったらその存在を利用する。自分で矛盾しているとわかっていても、やめられなかった。

隣から「わあっ」と歓声が聞こえた。周囲の人が空を見上げる。雪だった。朝から妙に空気が冷たかったが、降り出すとは思わなかった。

文字通りのホワイトクリスマスに見とれていたのもほんの一時、夜がふけていくにしたがって途絶えていく足並みに、松岡はだんだんと不安になってきた。駅を通るはずだと信じて待っているのに、二時間以上経っても寛末は現れない。けど、一度アパートに行って帰ってないのは確かめたし、帰るなら絶対に駅を通るはずだった。

絶対に来ると言い聞かせながら、松岡はハッとした。寛末には誕生日を祝ってくれる人がいるのかもしれない。恋人でなくても、友達とか。それならまだ当分帰ってこないかもしれないし、帰ったとしても電車以外の交通機関を使うかもしれない。

松岡は立ちすぎて疲れた足で、慌てて寛末のアパートへ向かった。部屋には明かりがついていて、電車を使わずに帰っていたんだとわかって脱力した。

偶然を装うことも叶わなくなり、途方に暮れる。わざわざ訪ねていって、姿を見せたら期待させる。そうでなくても、自分からだと知ったら寛末は有頂天になるかもしれない。

ドアノブにプレゼントの袋をかけて帰ったところで、差出人の名前を書いておかなければ、嬉しいよりも誰からだろうと不審に思うに違いなかった。どうするか決められないまま、寛末の部屋の前までやってくる。呼び鈴はあるが、押せない。そっとドアに近づくと、中からテレビの音が聞こえた。

五分、十分と時間だけがいたずらに過ぎていく。迷った末に、手帳を取り出した。白いページに『プレゼントです　江藤葉子』、とだけ書く。

「葉子さん？」

名前を呼ばれ、驚いて振り返る。黒いジャージ姿の寛末が立っていた。右手にはコンビニのビニール袋が揺れている。足音は聞こえていたが、寛末は中にいるとばかり思っていたから、気にしてなかった。

「やっぱり葉子さんだ」

驚いた表情が笑顔になる。それを見ているだけで、胸が急に騒ぎ出した。

「僕のアパートを知っていたんですか？」

後をつけてきたことがあるなんて言えない。プレゼントと書いたページを慌てて捲り、言い訳を考えた。

『知り合いが近くに住んでいるんです。その時に寛末さんを見かけました』

メモを読んだ寛末は「そっか」と呟く。松岡は手にしていたプレゼントを差し出した。

「これは？」

プレゼントです、のメモを見せる。

「だけど、どうして？」

問い返されて『お誕生日の』と付け加えた。寛末はじっとメモを見つめ、それから顔を上げた。

「ありがとう」

礼を言いつつ、その手はプレゼントの袋を受け取ろうとしなかった。

「僕、葉子さんに自分の誕生日の話をしてたんですね。すごく嬉しいけど、気持ちだけで十分ですから」

松岡は軽く唇を嚙んだ。強引に差し出す。

「せっかくで申し訳ないけど、形のあるものは欲しくないんです」

プレゼントの袋をドアノブにかけた。そうして寛末の隣をすり抜ける。階段を下りようとしたところで引き留められた。右腕を摑む力は、痛みを覚えるほど強かった。

「何を考えてるんですか」

必死な形相で、男は問いかけてきた。

「メールの返事もなくて、だから僕は振られたんだと思いました。君のことを忘れようとして、忘れなきゃいけないと思って。それなのにどうして今ごろ来るんですか。プレゼントって、また期待させるようなことをするんですか。君の気紛れで、僕は一喜一憂する。気持ちがジェットコースターみたいに揺れて、たまらなくなるんです」

引き寄せられる気配に抵抗した。だけど向こうの力の方が何倍も強い。

「僕は、君を好きなんですよ」

抱き締められて、気が遠くなった。

「知らないわけじゃないでしょう」

言葉で責めてるくせに、抱き締めてくる。背中が痛い。誰かが階段を上ってくる音に、寛末は我に返ったように背筋を正した。松岡の右手首を強く摑んだままドアの前に落ちていたコンビニの袋を拾い、ジャージのポケットから鍵を取り出す。

階段を上ってきたのは若い男で、チラリと横目で松岡と寛末を見ていった。部屋の中に連れ込まれる気配に怖くなった。二人きりになったら、それこそ危険な気がする。

ドアが開く。松岡が振りきろうと右手を引っ張ると、その倍ぐらいの力で引き寄せられた。ヒールのせいで安定感の悪い足許がぐらりと揺れて崩れそうになる。抱きすくめられたまま、部屋の中に連れ込まれた。

玄関先でキスされる気配に顔を背けた。そうすると、強引に口付けてはこなかった。そのかわり、途方に暮れたようにその場に立ち尽くした。激情に任せて松岡を連れ込んだものの、どうすればいいのか戸惑っている感じがした。

「部屋に上がっていってください。汚いけど……」

連れ込んでおいて、部屋に上がっていけも何もなかった。

「何もしないので」

松岡の不安を汲み取るようにそう付け足す。手錠みたいな指も離れる。ここからは松岡の自由意思だ。帰りたかったらそこのドアから出ていけばいいし、いたければいていい。

部屋の奥からテレビの音が聞こえる。少し遠くて騒がしい音が、緊張感を間抜けなものに変えていく。

松岡はドアを開けて一度外に出た。ドアノブにはプレゼントがかかったままで、それを手に取りもう一度、寛末に差し出した。寛末は愛想程度にも笑わず、泣きそうな顔でそれを受け取った。

狭い玄関で、ゆるくかがみこんで靴を脱いだ。部屋へと入る。八畳間の隅に敷きっぱなしの布団と、中央にあるこたつ。お世辞にもお洒落な部屋ではなく、人が生活している気配があちこちに散らばっていた。

こたつの前に座った。足を突っ込むと、冷えきっていた両足がじわりと温かくなった。寛末はしばらくぼんやりと玄関先に立っていたけど、そのうち中に入ってきた。

自分の部屋なのに、おそるおそると。

「汚い部屋ですみません、本当に」

呟き、こたつの天板の上にあった蜜柑《みかん》の皮を慌てて掴むとゴミ箱に捨てた。

部屋の中は、特に目をひくようなものはない。無遠慮にじろじろと見渡していると、寛末は居たたまれないといった風に俯いた。

「あ、コーヒーとか飲みませんか」

そう言って、寛末はキッチンへと慌ただしく移動した。ケトルを火にかける。沸くまで時間がかかるのに、ガステーブルの前から一歩たりとも動こうとしなかった。

「インスタントですみません」

出されたコーヒーは、いつも職場で午後の休憩に出てくるインスタントと同じ匂いがした。匂いも味もおざなりだったが、それでも体は温まる。

「お腹とか空いてませんか？」

向かいで、自分の分のコーヒーも入れたくせに一度も口をつけないまま、寛末が聞いてきた。正直に『少し』と紙に書いて返事をすると、途端に男は慌てはじめた。

「コンビニのおにぎりならあるんですが、それでもいいですか」

何度も地面を転がったコンビニのビニール袋から、おにぎりやサラダ、煮物やおひたしといった惣菜が取り出される。腹は空いていたが、どう見てもこれらは寛末の夕食で、手を出すのは躊躇われた。

『これは寛末さんの夕食でしょう』

書いて渡すと、男は慌てて「いいんです」と首を横に振った。

「僕はそんなに腹は空いていないので」

喋る先から、ぐるっと派手に腹が鳴る。男はカッと顔を赤くして「腹の調子が悪くて……」と下手な言い訳をした。

空腹な男の食事を奪うこともできず、松岡は『何か買ってきます』とメモに書いた。それを見た途端、男の顔色が変わった。

「出かける必要なんてありません。僕は本当にいらないので、これを食べてください」

外へ出すことを嫌がり、だけど自分で買いに行こうともしない。どうして寛末が部屋を出たがらないのか考えて、気づいた。部屋を出たがらないんじゃなくて、自分を一人にするのを嫌がっているということに。

『それなら、二人で半分にしましょう』

松岡は妥協案を出した。それでも寛末は「いいですから」と遠慮していたが、松岡は出された食事をサッサと均等に二等分した。松岡は分けた食事を食べはじめ、寛末も躊躇った末に手を出した。食事を終えると、寛末はいそいそとテーブルの上を片付けた。テレビでは華やかなクリスマスのイルミネーションが映し出されている。

『プレゼントを見てください』

向かいに腰を下ろした寛末はメモを読むと、紙袋を手許に引き寄せた。慎重に、テープの一つ一つまで丁寧に外す。中から現れた手袋を見て、男の口許が自然な笑みに縁取られた。革の感触を味わうように指先で撫でた後、手袋をつけた。長い指を軽く折り曲げる。

「とても温かい。ありがとうございます。こんなに上等なものをもらってもいいんでしょうか。もったいなくて使えないような気がします」

『そんなこと言わずに、毎日使ってください』

男は笑って、手袋を箱にしまった。お披露目が終わると、再び沈黙がやってくる。

「あ、蜜柑とか食べませんか。田舎から送ってきたのがあって……」

こちらの返事を聞かず、男は部屋の隅にあった段ボール箱から蜜柑をいくつか取り出して、テーブルの上に置いた。

正直、あれっぽっちの夕食では満腹になれなかった。その隙間を埋めるように手を出す。相変わらずテレビからクリスマス色は消えない。松岡はいつどのタイミングで帰ればいいのだろうと、そんなことを考えていた。

帰りたいと思っているわけじゃない。だけど長くここにいてもいけない気はしていた。三つ目の蜜柑を半分ほど食べた後で、視線に気づいた。途端、今まで何の気なしに口に運んでいたそれが緊張して食べられなくなる。

向かい側の男が動く気配がして、身構えた。寛末は松岡の隣にやってくると、膝をそろえて正座した。何か言うものだと思っていたのに、俯いたまままなかなか喋り出そうとしない。

「自分の部屋にはそぐわない、高級な猫がいるような気がします」

ようやく出てきた言葉は、抽象的だった。

「やっぱり、君がここにいるのは間違いのような気がする」

強引に部屋の中に連れ込んだくせに、随分と弱気だった。男はゆっくりと壁を見上げた。

「最終の電車まで、あと三十分です」

帰れと言われているような気がして、立ち上がる。

「急にどうしたんですか？　帰るんですか」

引き留められることに、松岡の方が戸惑った。帰したいから終電の時刻を教えたんじゃないのかと、逆に問いただしたかった。

「君が帰りたいなら仕方ないけど……」

帰ってほしくないと、情けない顔がそう告げている。松岡は寛末の真意を読めないまま、再び座り込んだ。

寛末は両手をつくと、這うようにしてじわじわと松岡に近づいてきた。至近距離でも逃げなかったのは、泣きそうな顔を見たからだ。キスは最初に鼻がぶつかった。下手糞なのに笑えなかった。

触れるだけのキスを一度した。子供みたいなキスに、耳が熱くなった。二回、三回と繰り返される。

四回目で髪に触られて、慌てて後ずさった。途端に傷ついた顔をする。松岡はこたつの上に置いてあったメモ帳の前にゆき『髪に触られるのは嫌なんです』と書いた。それを見せようと手にしたところで、背後に気配を感じた。振り返る前に、背中から抱き締められる。

思わず声が漏れそうになった。背中にぴたりと密着した熱。強い両腕は松岡の腹部で交差する。男の足の間で、松岡は身動きが取れなくなった。

首筋に湿った感触があった。噛まれるようなキスに、痛いというより胸が騒いだ。腹部にあった手が、じわりと脇腹から上に迫《せ》り上がってくる気配があって、慌てて『駄目』とメモに書いた。すると今度は腰骨に沿って指が落ちてゆき、太腿を撫でる。松岡は悪戯《いたずら》な手を摑んだ。

一度『駄目』だと言えば、寛末は二度と手を出してこなかった。だけどキスは制限しなかったから、何度もした。

見つめ合う瞳は、恋人同士みたいだった。そんなにかっこいい男じゃないのに、見つめているうちにどんどん魅力的に思えてきて、自分の勘違いに眩暈《めまい》がした。

「十二時を過ぎた」

ぽつりと男が呟いた。

「終電は出たよ。もう帰れない」

終電じゃなくたって、タクシーでも何でも帰ろうと思えば帰れる。終電が出ようが出まいが関係ない。それなのに男に言われたら、本当に帰れないような気がしてきた。

「朝まで一緒にいてほしい」

男が一際強く松岡を抱き締めた。

「何もしないから、朝まで……」

松岡はそっと息をついた。朝までは無理でももう少しだけ、男の気がすむまで傍にいてもいいような気がした。


目が覚めたのは午前六時過ぎ……まだ薄暗い明け方で、寛末の腕の中だった。上にかけられていた毛布は重たくて寛末の匂いがした。畳の上だったのに寒いと思わなかったのは、ずっと抱き締められていたからだ。松岡が動いても、寛末は目覚める気配がなかった。

松岡は半身を起こして、男の頬に触れた。ザラリとした髭の感触に、腰がじわりと熱くなった。無性に男が愛しくなって、頬に口付ける。何もしないと言えば、本当に何もしない。三十を過ぎた男が好きな女を抱いたまま。その誠実さが愛しい。

松岡はもう一度、男にキスしてから立ち上がり、ハンドバッグを手に取った。帰ります、のメモ書きだけ残して玄関に向かう。すると背後からバタバタと騒々しい音が聞こえた。寝ぼけ眼のまま追いかけてくる。

「葉子さんっ」

髪はクシャクシャで、瞼は腫れぼったい。

「か、帰るんですか」

松岡はコクリと頷いた。うなだれた男の右手を取る。

『もう電車も動いているから』

「でも……」

『寛末さんも仕事があるでしょう』

「そうだけど……」

互いに仕事があるのは理解していても、寛末は納得しようとしない。

「次はいつ会えますか」

そう聞いてきた。

「いつ僕に会ってくれますか」

すぐには約束できなかった。

「またメールを送っても、電話をかけてもいいですか」

松岡は頷いた。頷いてからするりと寛末に近づき、首筋に腕を回した。そっと抱き締めて自分から、まるで恋人同士のようなキスをした。

寛末は信じられないといった顔をしている。呆然とした顔が見たこともないほど嬉しそうにほころぶのを目の当たりにして、松岡の胸もザワザワと騒いだ。


寛末のアパートを出て三分もしないうちにメールが届いた。

『最高の誕生日でした』そう書かれてあった。読んでいるうちにまたメールが届いてきた。

『君が帰ってから、会社へ行く準備をしようと思うのに、何も手につきません』とき
た。

『君のことばかり思い出して駄目です。今別れたばかりなのに、次いつ会えるのか、

それぱかり考えてしまいます』立て続けの三通のメールの後、少し間が空いた。

駅に着いて、不意にトイレに行きたくなった松岡は、男子トイレに入って、中にいた中年男性を驚かせた。自分が女装だったことを思い出し、慌てて女性用へ飛び込む。用を足してから手を洗い、洗面所の鏡に映る自分の顔を見てギョッとした。

ファンデーションはすっかり浮き上がってべとべとしているし、口紅も消えている。限りなく素に近い顔がそこにはあった。慌てて顎先に触れると、微かにザラリとした感触。いくら体毛が薄くても、多少なり髭は生える。何回も何回もキスした。寛末はそこに違和感を覚えなかったんだろうか。

慌てて化粧直しをしてトイレを出た。化粧は直っても、誰かに顎の部分を指摘されそうな気がして、俯き加減に歩いた。

学生服が多く目につく駅のホームで、寛末から四度目のメールが届いた。

『僕は君と過ごせて嬉しかった。だけど君はどうなんですか？　僕の我が儘に付き合ってくれただけですか』

そうじゃありません……と打とうとしたら、またきた。

『僕は君が好きです』

息つく暇もなく次がくる。

『君が好きでたまりません』

どんな顔をしてそんなことを書いているのか、何となく想像できる。

『私も、あなたのことが好きです』

メールに書いて送った。後のことも先のことも考えるのはやめた。ただ自分も好きだと正直な気持ちを伝えたかった。

この時点で、松岡は恋愛に関して自分が弱者になってしまったということに気がつかなかった。


寛末から食事に行きませんかと誘われたのは、共に夜を過ごしてから三日目だった。年の瀬も押し迫り、酷く忙しいのに松岡は断らなかった。断らないどころか、上司に嫌な顔をされながらも三時間の時間休までとってしまった。家に帰って着替え、メイクをするために。

食事をする日は朝からウキウキして、一日中寛末に会うことばかり考えていた。毎日メールはくるし、連絡は取り合っているのに、それでも足りなくなっていた。再び女の姿で会いはじめてしまったことに、自分でも考えるところはあった。いつかは男であることを言わなくてはいけない。わかっていても躊躇われた。女の姿で会っていて楽しい。それならもう少しこのままでもいいんじゃないかとそう思った。

食事は、寛末なりに頑張ったであろうフランス料理店だった。ワインリストを渡されて眉間に皺を寄せ、困っている姿まで可愛らしくて、松岡は何度も笑いを嚙み殺した。

食事も美味しかったし、二人でいて楽しかった。だから午後九時を過ぎて店を出た後も、別れ難くてブラブラと一緒に歩いた。ホテル街の近くを歩いた時はドキリとしたけれど、寛末はそっちの方を見ていなかった。

別れ際、駅前なんて人のいる恥ずかしいところでキスされた。今まで人前でキスする奴の気が知れないと思っていた。実際、自分がその立場になったら、恥ずかしい、恥ずかしくないという次元の問題じゃないんだとわかった。沸き上る衝動は止めようと思っても止められるものではなかった。

別れて、キスの余韻が唇に残っている間に、またメールがくる。

『さっき言い忘れてた。年が明けたら、一緒に初詣に行こう』

初詣と聞いて、次の予定にわくわくした。

『いつ、行く？』

そう返すと『三日か四日ぐらいはどうかな？　僕は正月、実家に帰るので。葉子さんはお正月、どうしますか？』とメールがきた。

読んだ途端にガッカリした。松岡の両親は年末年始にかけて温泉に行くと言っていた。高級旅館で上げ膳据え膳、のんびり過ごすと。松岡も誘われたが、この歳になって親と一緒もないだろうと思って断った。

それに寛末がこっちにいるなら、年末を一緒に過ごせるよなと思っていた。だけど実家に帰るのなら無理だ。家族水入らずを邪魔することもできず、自分が残ると言えば寛末も残りそうな気がして『私も実家に帰ります』と送った。『じゃあ次に葉子さんの顔を見られるのは、年明けかな』暢気にそう書いてくる男に腹が立つ。一緒にいたいと思う自分と、微妙にタイミングがずれている。苛立ちのまま『そうね』と短く返した。すると不穏な気配を感じたのか、寛末は『怒ってるんですか？』と送ってきた。無視して携帯電話の電源を切る。一時間ぐらいして電源を入れたら、十通ぐらいメールが入っていた。どれも寛末からで『どうして怒っているんですか』からはじまり『僕が無神経に、何か君を苛立たせるようなことを言ったんでしょうか』と延々と続き『ごめんなさい』で終わっていた。

このまま放っておいたら、きっと寛末は眠れないんだろう。だから『こっちこそ、ごめんなさい』と送った。そしたら携帯画面を見ていたような素早さで『よかった』と返事があった。

夜の十二時を過ぎて、松岡からの『おやすみなさい』のメールで、他愛ないやり取りは終わる。化粧も落とさない、女物の服のまま松岡はぼんやりとソファに腰掛けた。

子供じゃないから、薄々わかっている。寛末がどれだけ自分の衝動を抑えているのかぐらい。いい歳した大人が、自分が好きで、相手も気があると知った女に欲望を抱かないはずがない。そういう視線を感じないでもないけれど、寛末は決してホテルに誘ったりしない。誘われても当然断っていたとは思うが……。

キスは気持ちいい。触れられるのも嫌じゃない。だけど、いくら好きな気持ちは同じだといっても、男と女の体じゃ雲泥の差がある。いつかは言わないといけない。男だと言わないといけない。それは最初からわかってた。わかっていたから、男の姿でも会ってみたのだ。だけど男の姿じゃ気づいてもらえない。

もっと寛末が自分のことを好きになればいい。男でも女でも、性別を超えるぐらい好きになってくれたらいいのにと思った。

年が明けて、寛末に会ったのは三日だった。人の多い駅前で待ち合わせ、改札の手前から走ってくる寛末の姿を見た途端、胸が騒いだ。顔を見なかったのはほんの一週間ほどで、メールは毎日のようにやり取りしていたのに、本人と会うと違う。全然違う。

「あけましておめでとうございます」

寛末はにっこり笑った。鼻の頭と頬を赤くして、約束の時間に遅れまいと走ってきたのがわかって、それが抱き締めたくなるほど可愛らしかった。

駅から神社まで、手を繋いで歩いた。人が多くなったら、腕を組んだ。寛末はあまり喋らなかったけど、それでも十分だった。長い参道を歩いた後、お参りしておみくじを引いた。

「何でした？」

そう言って覗き見したがる寛末から逃げて、一人でこっそり見た。末吉で、恋愛運は「難あり。時機を待て」で、思わず苦笑いした。さっさとおみくじ売り場の近くにある木の枝に結びつける。寛末の結果は見せてもらった。大吉で、恋愛運に関しては「進めばよろし」だった。同じ恋愛のはずなのに、どうして結果が違うんだろうと不思議に思った。

帰り、参道を歩いている途中から足が痛くなった。妙な歩き方をしているのを寛末に見つかってしまい、参道の入り口にある縁石に腰掛けさせられた。気合を入れたピンヒールで長くジャリ道を歩いたせいで、親指の付け根にまめができたようだった。

「こんなになるまで無理しなくてよかったのに」

寛末はそう言っていたが、今日はどうしてもピンヒールを履きたかった。

初詣は当然着物だろうと最初は思っていた。だけどレンタルで借りても、まず着付けができない。自分で練習して着られるようになったとしても、着物だと喉許が露になる。ファーのようなものを首に巻くことも考えたが、それだと一日中、外せなかった。

寛末は着物姿を見たいんだろうなと思いつつ、やっぱり諦めた。そのかわり、周囲の着物に見劣りしないぐらい可愛い姿でいようと決めた。ベロア素材の深緑色のワンピースと、それに合わせた華奢なピンヒールは、上とのバランスが抜群だった。足が痛くなるかもしれないと思わないでもなかったが、野暮ったいローファーでこのバランスを崩したくなかった。

心配そうに向かいに立つ寛末の手を引き寄せて『大丈夫、歩けるから』と書いた。

「でも痛いんでしょう」

首を横に振ったのに、寛末は難しい顔のままだった。そして不意にゆるく屈み込んだ男は、縁石に腰掛けたままの松岡を横抱きにした。

「参道を抜けるまで我慢して。大通りに出たら、タクシーを拾えると思うから」

松岡の了承も得ずに、人前を歩き出す。もうとにかく恥ずかしくて、松岡は寛末の首筋に腕を回して、顔を埋めた。

大通りに出てから、タクシーを拾った。「足が痛いと、食事どころの気分じゃないでしょう」と言われて、帰ることになった。タクシーの後部座席は大人なら三人ぐらい乗れる広さなのに、ぴったり寄り添って腰掛けた。

寛末は部屋の前まで送ってくれた。送らせてしまってから、しまったと思った。このまま帰すのは、あまりにもそっけない。普通なら『上がってお茶でも飲んでいきませんか』と言うべきなのだろう。

だけど部屋の中にはスーツやアタッシュケースが置いてあるし、玄関先から男物の革靴が並んでいる。とても入れられなかった。

寛末は犬のように従順に、松岡の次の言葉を待っている。

『今日はありがとう。ごめんなさい』

手のひらに書くと、頭をポンと叩かれた。

「そんなの、気にしなくていいから」

笑った顔はあくまで優しかった。そんな顔にぼんやり見とれる。もし自分が女だったら、きっとこの男を部屋に誘っているだろう。そしてどんなセックスをするか、知りたいと思うに違いなかった。

「葉子さんの部屋が見てみたい」

見つめ合っている最中に、そう言われた。

『今日は汚くしてるから、ごめんなさい』

「少しだけ」

『ごめんなさい』

あくまで断る。寛末はそれ以上しつこく食い下がってはこなかった。そのかわり、強く抱き締めてキスしてきた。キスはしたかったから背中に手を回した。ガサリとした唇の感触、そんな何気ないことに感じる。

キスし終わった後も、抱き合っていた。背中を優しく擦《さす》られるのが気持ちよかった。

「田舎に帰った時にね」

ぽつりと男が呟いた。

「そろそろ結婚しないの？　って言われた。それはもう毎年のことなんだけどね。今年は好きな人がいるって答えた。結婚を考えてるぐらい好きな人がいるって」

体が震えた。

「姿も心も美しい人だって、自慢してきた」

無邪気にさえ見える笑顔が、松岡の後ろめたい部分を揺さぶった。

「それぐらい僕は真剣だから」

いつまでも抱いて離そうとしない男を『疲れたから』と言って追い払った。部屋で一人きりになってから、松岡は呆然と座り込んだ。寛末は三十四で、遊びで女性と付き合う歳でもない。付き合えば結婚という話が出てきても不思議ではなかった。

寛末が自分と結婚したいと思っていても、そんなの到底無理だ。好きだし、キスするし、セックスに興味があっても、籍を入れるなんてできない。結婚できないなら、寛末が普通の家庭を希望するとしたら……別れた方がいいんだろうか。

寛末のことは好きだ。一緒にいて楽しいし、ドキドキするし、何より優しい。ちょっとぐらい情けなくても、臆病でもいい。仕事ができなくたって関係ない。向こうも自分を好きだと言い、こっちも好きなのに、別れる必要があるんだろうか。

メールの着信音が響く。いつもの音に過剰なぐらい体が震えた。

『足は大丈夫ですか？』

優しい言葉に、胸が痛くなる。

『さっきの話だけど、冗談じゃないから。僕はそれだけ真剣に葉子さんのことを考えてるって知っておいてほしかった』

まるで追い討ちだ。

『君のことが好きです。もう何回書いたかわからないけど』

画面をスクロールして、好きですの部分を何度も読んだ。

「あんたさ、俺が男でも好きって言えるの？」

聞いてみたところで、その問いかけに返事などあるわけもなかった。


おかしいなと思ったのは木曜日からだった。いつも仕事から帰ってきたら必ずメールがあるのに、十二時を過ぎてもこなかった。仕事が忙しいのかと思って放っておいた。だけど翌日の金曜日、そして土曜日になっても電話はおろか、メールの一通もこなかった。

週末前になったら、必ず予定を聞かれた。どこかへ行きませんか、食事をしませんか、と絶対に誘われた。寛末がそう言うのがわかっていたから、週末は極力予定を入れないようにしておいたし、少しぐらい仕事で疲れていても出かけていった。

何の連絡もないというのは、付き合いだしてから初めてだ。松岡は不安になって自分から『忙しいですか？』とメールを送った。送ってから何時間も連絡はなく、余計に不安が増した。寛末が自分からのメールを無視するとは思えなかったので、怪我をして動けないのではないかとか、悪い予感ばかりが頭の中をぐるぐる回った。

夕方、松岡は綺麗に化粧して出かけた。外は雪が降っていて、酷く寒かった。寛末と会う時は必ずスカートなので、足許が寒くてたまらなかったが我慢した。

十二月の終わりに付き合い始めて、今が二月の終わり。そろそろ二ヵ月になろうとしていた。結局、自分が男だと告白できないまま付き合いを続けている。

いつ言おう、どうやって言おうといつも考えているのに、踏ん切りもつかないし、タイミングもはかれなかった。そうやってグズグズしているうちに、取り返しがつかないぐらい距離が近くなってしまった。

松岡は寛末の匂いがわかるし、どんな風にキスするのかも、どうやって背中を撫でるのかも知っている。三人兄弟の末っ子で、上二人の兄弟は既に結婚していること。

おっとりしていると、昔からずっと言われ続けてきたことも。

　本当に無趣味で、映画や音楽、スポーツにすら興味がない。今一番気になるのは葉子さんのこと……真顔で言われても、納得してしまうぐらい。だからこそ、嚙みつきたくなるぐらい可愛いと思う時がある。自分だけ、自分だけに夢中だとわかっているから。

　寛末のアパートの近くにある駅で降りて歩く。電車の中でも一度メールを送ったけど、返事はなかった。

　部屋の前に立つと、中からテレビの音が聞こえてきた。寛末が中にいるとは限らない。出かける時、近くだったら寛末はわざわざ部屋の電気とテレビを消さないからだ。

　呼び鈴を押すと、奥からバタバタと物音が聞こえた。

「はい」

　ドアが開く。大怪我もしてない、顔色も悪くない、いつもの寛末がそこにいた。男は松岡の顔を見た途端、表情を歪めた。いつもならにっこり笑って「どうしたんですか」と言うところなのに、反応が違う。

『メールを送っても返事がないので』

メモにそう書いて見せた。

「あ……うん。忙しくて、すみません」

口ごもるような口調は、言い訳めいて聞こえた。

『病気か怪我をしてるんじゃないかと思って、心配になったから』

「すみません、本当に」

寛末は頭を下げた。

『元気そうで安心した』

書いて見せても、寛末は顔を俯けたままだ。外はけっこう寒い。松岡は俯けられた寛末の頭を見ながら、早く中に入れてくれないだろうかとそんなことを考えていた。

「来てくれて申し訳ないけど、帰ってもらえませんか」

驚いた。

「ごめんなさい」

部屋にも上げてくれなくて、またこの寒空の下を帰れと言う。信じられなかった。

「本当に……」

ドアが、松岡の返事も聞かず強引に閉められる。扉の前に立ち尽くしたまま、呆然とした。これまで何度か寛末のアパートに遊びに来たけど、いつも送ってくれていた。今日はそれすらない。

腹が立った。怒りのあまり、帰り道の寒さも気にならなかった。携帯電話の電源も切った。もし寛末から謝罪のメールがきても、一切返事をしないつもりでいた。だけどマンションに帰ってからも、一度もメールはこなかった。謝罪どころか、来てくれてありがとうの一言もない。

松岡は不安になった。態度の変わりようの裏に何があるのかわからない。前に会った時は普通だった。いつもみたいにキスして別れて、好きだと言われた。

考えて考えて一つの結論に行き着いた時、松岡は一瞬にして真っ青になった。

『男だというのがばれたんじゃないだろうか』

そうだとすれば、いきなりメールがこなくなったのも頷ける。寛末は怒って、それで連絡を寄越さなくなったのだ。だけどどうして知られたのだろう。そんなばれるような下手な真似はしなかったのに。

キスはしたし、何度も抱き合ったけど、胸には触らせなかった。肌の手入れ、特に顔は神経質なぐらい気を使っていた。いつもタートルネック、もしくはスカーフを巻いて、喉許は見えないようにしていた。それでも寛末に気づかれたのだ。付き合いも長くなってきて、油断した部分があったのかもしれない。

嫌われた。そう考えただけで、目の前が真っ暗になった。化粧を落とす気にも着替える気にもなれず、部屋の中でぼんやりと座り込む。だからばれる前に江藤葉子をこの世から抹殺しておけばよかったのだ。いくら時間がかかってもいいから、男の自分で寛末と関わりを持っていけばよかった。

けど、ここまで恋愛に近い状態になって、最初からなんて後戻りできたんだろうか。好きだと言われることに慣れて、当たり前みたいに抱き締められてキスしてたのに。

連日のハードな外回りで疲れて、土日ぐらいは家でゆっくりしたいなと思っても、寛末から誘われたら出かけていた。外へ出かけるのも楽しかったけど、部屋の中に引きこもってるのも好きだった。前に、冗談で膝の上に座ったらすごく嬉しがっていた。それから喜んだ顔が見たい時には、わざと膝の上に乗ってみたりもした。キスして抱き合って、揺さぶられて気持ちよくなって、そのまま膝の上でうたた寝したのも、一度や二度じゃなかった。抱かれていても眠れるほど安心していたのは、寛末なら寝ている間に手を出すなんて卑怯なことはしないだろうという確信があったからだ。

口下手だという男が、一生懸命自分に話しかけてくるのが好きだった。子供の頃のことや、学生の時の話とか。一緒に昔の寛末を覗き見しているみたいで楽しかった。何度か「面白い話もできなくて、退屈じゃない？」と聞かれたことはあるけれど、平気だった。

疲れていても、呼ばれるから出かけてたんじゃない。会いたいから出かけていた。会って一緒にいたら安心するから。嫌なことがあっても忘れられたから。

もしかしたらただ単に忙しいとか、虫の居所が悪かっただけかもしれない。男なんてばれてなくて、自分の思い過ごしかもしれない。誰だって一人になりたい、誰にも触れられたくない時がある。

頭の中がそれ一つだけになったみたいに、ほかのことが何も考えられない。男だとばれたんじゃないだろうか、それとも別口で何か嫌なことがあったのか……。

松岡は携帯電話を手に取った。自分からもう一度、メールを送ってみる。

『何を怒っているんですか』

どんな文章を送るか、三十分ほど考え込んだ。考えた末に、わかりやすいシンプルな言葉を選ぶ。送信して五分も経たないうちに返事がきた。

『葉子さんは、僕に隠していることがあるんじゃないですか？』

読んだ途端、震えがきた。やっぱり知っているんだと確信する。男だったなんて、どう言い訳すればいいのかわからない。そもそも言い訳してどうにかなるようなものなんだろうか。ごめんなさいと、繰り返して許してもらえるんだろうか。

携帯電話の電源を切って、目につかない場所に隠した。『ごめんなさい』と送ることが怖かった。あの寛末に限って、騙していた自分を罵倒することはないだろうと思っても、それでも批難の言葉を受ける心の準備はできてなかった。

遊びだったら、冗談だったら、きっと『ごめんなさい』と言えた。だけど今は言えない。言えなかった。


月曜日、寝不足のまま会社に行った。いくら考えてもその先に終わりはなく、メビウスの輪みたいにグルグル回って同じところに帰ってくる。

週初めを憂鬱だと思うのはいつものことだが、仕事に行きたくないと思ったのは初めてだった。

朝のミーティングにだけ顔を出して、いつものごとく小雪のちらつく外へ飛び出した。寒さに震えながら営業に駆け回るものの、こちらのやる気のなさはそことなく相手に伝わるのか、なかなか契約は取れなかった。夕方近く、ようやく一件だけ新規が取れて会社に戻ると、パソコンにメモが貼られていた。

『PM1：00、小石川研究所のヒロスエさんからTELあり』

それを読んだ瞬間、全身から血の気が引いた。昨日、散々考えた末に、怒っている寛末から距離を置こうと自分なりの結論を出したばかりだ。それなのに向こうからきた。

「なあ、寛末さんって何か言ってた？」

メモの字は事務の葉山のものだ。葉山はパソコンを打つ手を止め、振り返った。

「松岡さんはいらっしゃいますかって、それだけだったわよ。用件があるなら伝えますって言ったんだけど、急ぎじゃありませんからってすぐに切れたの」

わかった、と返事をして、自分のデスクに戻った。座っても、ぼんやりとパソコン画面を見ているだけで、指は動かない。

「松岡、契約書って今日中に仕上げとかなくていいのか」

隣の先輩に声をかけられ、慌てて取りかかった。とりあえず仕上げてみたものの、チェックしたら誤字はあるし、数字の桁も間違っている。やり直している間に課長は帰ってしまい、仕事は自動的に明日へと持ち越しになった。契約書を直し終えたら六時を過ぎていて、帰ってもよかったけど居残りした。急ぎではないもののデスクワークもたまっていたし、帰って一人になりたくなかった。一時間ほど居残りしている間に周囲は帰りはじめて、松岡が部屋を後にする時に残っていたのは二人だけだった。

エレベーターに乗って、一階のロビーへと降りる。受付嬢も帰ったロビーは明かりも落とされ、いたずらに広く高い天井に足音や声がよく響いた。

「もう帰ったと思いますよ。営業は外回りから直帰ってのが多いですから」

耳障りな声は、福田のものだ。福田とは牛丼屋で恋人の岡林の素行を暴露して以降、まともに話したことはなかった。

「で、そっちはどうなんですか？　畑の違う部署だと大変でしょ」

丸い柱の陰で、福田は誰かと話をしている。相手の男は背が高かったが、こちらに背中を向けているので顔は見えなかった。声も小さくて、何を言っているのか聞こえない。

福田が柱の陰にいるのをいいことに気づかなかった振りで行き過ぎようとしたのに、見つかってしまった。

「あれ、松岡じゃない？」

声をかけられてしまったら、無視するのも感じが悪い。仕方なく笑顔で振り返った。

「ああ、福田か。今日は遅いんだな」

福田は足早に近づいてきた。

「俺んとこは会議だったんだよ。お前も営業にしちゃやけに遅くないか？」

「デスクワークが残ってたんだ」

理由を話すと、福田は笑った。

「でもま、残業してもその分昼間に楽してるんだから、トントンってとこなんだろ？」

その言い草に心底ムッとする。下手に感情的になっても余計に腹が立つばかりだとわかっていたから、笑って「まあね」とかわした。

「じゃあな」

先に出ていこうとすると「待てよ」と呼び止められた。

「何かまだ用があるのか」

「お前と話したいって奴がいるんだよ。総務にいた寛末って覚えてるか」

薄暗がりから姿を現した男を見た途端、体が硬直した。寛末が緊張したような、怒ったような面持ちで自分を見ている。

「はじめまして……ではないけど、自己紹介はまだだったと思います。小石川研究所の寛末といいます」

寛末は松岡の前でゆっくり頭を下げた。

「昼間も電話を差し上げたんですが、外出中だったようで」

「あ、はい」

返事をする声が震える。

「お話ししたいことがあるので、これから少しだけ時間をいただけませんか」

強い口調でも、強制でもなかった。それでも断れずに、松岡は寛末の後についていく。気持ちはまるで、死刑台に連れていかれる囚人だった。囚人と一つだけ違うのは、その結果を受け入れる心の準備が全然できていないということだ。

寛末が入ったのは、駅の近くの喫茶店だった。コーヒーが美味しいと評判だったが、使っている駅の入り口からは反対側になるので、入ったことはなかった。

向かい合って腰掛けても、最初は無言だった。「何か飲まれますか」と聞かれて、気持ち的には水だけで十分だったが、とりあえずアメリカンを頼んだ。

「前に、駅で声をかけてきてくれたことがありませんでしたか？」

男はそう聞いてきた。

「あったかもしれない」

わかっていてもしらばっくれた。こんなに外は寒いのに喉が渇いて、水に手を伸ばしたけれど、指先が震えて上手くグラスが摑めないから飲むのをやめた。

「初対面に近いあなたをいきなり訪ねてきて、不躾な質問をするのも失礼かと思ったのですが、その……あなたは江藤葉子さんとどういったご関係なんですか」

聞かれた言葉の意味がわからず、首を傾げる。すると寛末は言い方を変えた。

「江藤さんと、付き合っているんですか？」

「付き合うって……」

「恋人同士として、お付き合いをされているんじゃないですか？」

この男が何を考えてそんなことを言い出したのか、わからなかった。

「俺は江藤葉子なんて知らない」

嘘をつくと、寛末の表情が僅かに歪んだ。

「小川《おがわ》町にあるブライズマンションの502号室に住んでいるのは、松岡さんですよね？　社員名簿で調べました。そこで江藤葉子さんと一緒に暮らされてるんじゃないですか？」

ようやく話が見えてきた。寛末は自分が江藤葉子と同一人物だと気づいたわけじゃない。

「この前、たまたま葉子さんの家の近くを通りかかったら、あなたが彼女の部屋に入っていくのが見えたんです。僕は彼女がずっと一人暮らしだと思っていたので驚きました。顔や雰囲気が似ているので、最初は姉弟かと思ったんですが、名字が違うでしょう。だからあなた方は同棲しているのかと思ったんです」

寛末の怒っていた訳が明らかになる。膝の上で握り締めた手のひらに、松岡はじわりと汗をかいた。自分だけの恋人だと、結婚までしたいと言っていた女が、ほかの男と同棲していたと知ったら、誰だって怒るに違いなかった。

「正直な話をさせてもらうと、僕は葉子さんが好きです。だけどそれは片想いみたいなもので、彼女の本当の気持ちはわからないんです。だから、あなたから彼女との関係を説明してもらえたら、自分なりに納得できるような気がするんです」

松岡は運ばれてきたコーヒーに心底救われた。飲んでいる間は、喋らなくてもよかったからだ。飲んでいる振りで、この状況をどう切り抜ければいいのか考える。女装をしているとはばれてないが恋人がいると思われている。ひとまず自分が『恋人』だという誤解を解きたいけれど、どんな言い訳をすればいいのかわからない。

姉弟と言いきってしまえば楽だが、名字が違う。不意に従兄弟という言葉が浮かんだ。仲のいい従兄弟だったら、互いの家を行き来ぐらいするだろう。

「俺は江藤葉子の従兄弟です」

聞こえたはずだが、相手からの反応はなかった。

「小さな頃から仲がよくて、今でもお互い行き来してるんですよ。あいつが急にアパートを出なくちゃいけなくなって、次を見つけるまでの間、俺のところに居候してるんです」

気持ちが焦る。従兄弟だと説明しているのに、寛末の目の中にある不信の色が消えないからだ。

「それは、いつぐらいからの話ですか？」

「ここ一ヵ月かな」

寛末が、唇を噛んで俯いた。

「いくら急に部屋を出ていかないといけなくなったとしても、普通は男の従兄弟の部屋に住むなんてことはしないような気がします」

言われてしまうと、確かにそうだ。だけどほかに江藤葉子が自分の部屋にいる理由を思いつけないので、嘘をつき通すしかなかった。

「本当に俺は従兄弟で……」

「あなたの喋ることは、矛盾している」

穏やかに、でもピシリと言い放たれた。

「最初は江藤葉子なんて知らないと言っていたのに、その後で実は従兄弟で一緒に住んでいると言い出した。僕はあなたの言うことを信用できない」

そう言われても、仕方のない状況だった。

「僕は、あなたが葉子さんと付き合っていると言っても驚きません。そうなんだろうと覚悟してきたからです。嘘をつかずに本当のことを教えてください、お願いします」

もし、付き合っていると言ったらこいつは諦めるのかな……とふと思う。

「そんなに好きなの？」

男の顔が、少しだけ赤くなった。

「彼女は素晴らしい人だと思います」

「あいつ、喋れないよ」

「障害があっても、彼女はハンディを感じさせない強い人です」

「けっこういい加減で、誰にでもいい顔をするような奴だよ」

少し間を置いて、寛末が返事をした。

「人なら誰だってずるい部分はあるでしょう。僕はその全てを否定するつもりはありません。それも彼女を形づくっている一つだとしたら、丸ごと愛していきたいと思っています」

愛してると言われて、背中が焼けつくかと思うほど恥ずかしくなった。赤くなる顔を隠すために、松岡は俯いた。ストレートな言葉が、胸にくる。

「本当に、あいつがどんなでもいいの？」

声が少し震えた。

「僕は彼女が彼女である限り、愛せます」

松岡は目を閉じた。どこかで踏ん切りは必要だった。椅子に深く腰掛け直して、体の力を抜く。

「そういうことはさ、本人同士で話し合ったらどう？」

途端、寛末は困ったような顔をした。そして短い沈黙の後にぽつりと呟いた。

「彼女とは言い争いをしたくない。本当のことを知って、それで僕が納得できるようなら、そのまま会わないでいようと思ってます」

松岡は肩を竦めた。

「あなたはそれでいいかもしれないけど、葉子はどうかな？　言い争いをしたくないって言うのは、あいつと正面から向き合うことを避けてるってことだよね。人と揉めるのって嫌だけど、それが必要な時もあるんじゃないの」

松岡は席を立った。

「話の続きは葉子としてよ。俺が言えるのはそれだけ」

松岡は自分のコーヒー代をテーブルの上に置いて、店を出た。寛末は追いかけてこなかった。松岡は駅へ行くまでの間や、電車の中もずっと携帯電話を握り締めていた。マンションの最寄り駅に降りてから、ようやく着信音が鳴る。横断歩道を渡る間も待てなくて、信号機の下でメールを読んだ。

『ご無沙汰してました』

どこか他人行儀な気配でメールははじまった。

『この前は心配して家まで来てくれたのに、ろくに話もせず追い返してすみませんでした。僕は君にどうしても聞きたいことがあります。もしよかったら、会ってもらえないでしょうか』

松岡洋介でたきつけたのが、そのまま結果として表れる。すぐに返事をしようとして、思いとどまった。さっきは「愛している」と何度も言われたから、大丈夫だと思った。だけど江藤葉子が自分だと告白して、それでも寛末は前と同じように愛していると言ってくれるだろうか。

さっきは自信に満ちていた気持ちが、一気に萎えていく。

携帯電話をポケットにしまって、マンションに帰った。悶々と考えている間に、寛末からまたメールが届いた。

『君は僕のことを怒っているかもしれない。けど一度だけでもいいから会って、話をしてほしい』

さっきまで、本当に話そうと思っていたのだ。それなのにいざとなったら、返事をするのが怖くなった。

『私は、あなたに隠していたことがあります。会って話をしなくてはいけないと思うのに、話したことで嫌われてしまうのがとても怖いです』

そう書いて送ると、まるで矢のように返事が返ってきた。

『僕はどんな話を聞いても、君のことを嫌いにはなれません』

寛末の、確固たる気持ちが見えるようなメールだった。それでも松岡は念押しした。

『悪いのは自分だとわかっています。そのせいで嫌われても仕方ないと頭では納得していても、やっぱり怖い』

またすぐに返事がきた。

『僕は君が何者でも、犯罪者でも、やっぱり嫌いにはなれません。もし君がどんな秘密を抱えていても、それがいけないことであっても、僕は君と一緒にいたい。一緒に考えていきたいと思っています』

この男なら、大丈夫かもしれない。自分のことを好きで、こんなに好きで……だから……許してくれるかもしれない。

『私はよく「綺麗」だと人に言ってもらえます。あなたもやっぱり私の顔が気に入っているんでしょうか』

自分でもしつこいと思いつつ、送った。

『僕は君を美しい人だと思います。だけどその姿形より、心に惹かれます。正しくて、強くて優しい心に惹かれます』

松岡は届いたメールを、時間をかけてゆっくり、そして何度も読んだ。

『私もあなたが好きです。あなたは私がたとえ八十歳のおばあちゃんでも、小さな子供でも、あなたにつりあう人間でなくても、それでも愛してくれますか』

返事に、少し笑った。

『僕は葉子さんがおばあちゃんになっても、子供になっても、どんな姿になっても、きっと捜し出して愛してしまいます』

沢山の言葉、愛の言葉に背中を押してもらい、松岡はメールを送った。
『私もあなたに会いたい。会ってください。その時に、全て正直にお話しします』

待ち合わせはホテルのロビーで、場所を指定したのは松岡だった。上の部屋を予約していたが、とりあえず下で落ち合うことにした。

約束の時間は午後七時だったが、待ちきれずに松岡は六時半にはロビーにいた。ソファに腰掛けていても落ち着かず、ホテルの正面玄関が開く気配がするたびに振り返った。最初はいつ来るだろうと待ち遠しかったのに、約束の時間が近づいてくると憂鬱になった。

会いたくない、このまま帰ろうかという思いが何度も頭の中をグルグル回って、椅子を立ちかけたが、最終的には腰を落ち着けた。

七時五分前になって、不意に携帯電話が鳴った。寛末からのメールで『仕事が終わらなくて、三十分ぐらい遅れます。すみません』と書かれてあった。松岡は『急がなくてもいいから、気をつけて来てください』と送り、椅子に深く腰掛けた。女を装ったメールもこれで終わりだとぼんやり考える。ホテルの部屋をとったのは、人前で女装という話ができないこともあったが、その後の展開を予想してというのもあった。もし寛末が自分の存在を受け入れてくれたら、それでもなお求めてきたら、セックスしてもいいと思っていた。男同士のセックスで必要なものも準備した。そんな自分にうんざりするが、正直な気持ちだから仕方なかった。

受け入れてくれるような気はしていた。おばあちゃんでも子供でも『俺』ならいいと言った男だ。寛末に限って、言葉を違えることがないだろうと思っていても一抹の不安は消せなかった。

七時を十五分ほど過ぎた頃、ロビーで慌ただしい足音がした。振り返ると、寛末がこちらに向かって走ってきている。ラウンジにある椅子を、不安そうな顔でキョロキョロと見渡している。

「こんばんは」

江藤葉子がいないと知って、おろおろと歩き回っている寛末に声をかけた。

「あっあの……」

「葉子と待ち合わせているんでしょう。部屋の方へ案内します」

「あ、はい」

寛末は荒い息をつきながら、松岡の後についてきた。エレベーターに乗っても、寛末の呼吸は落ち着かない。外は寒いのに額にはうっすら汗が滲み、自分との約束のために急いで走ってきたのかと思うと、酷く愛しくなった。

「葉子さんは部屋にいるんですか？」

松岡は返事をしなかった。相手に黙殺されたと知ると、寛末はそれ以上聞いてこなかった。エレベーターを降りて、部屋へ案内する。中に入ると、寛末は部屋の中を見渡し、そして背後にいる松岡へと振り返った。

「葉子さんはどこにいるんですか？」

露骨なまでに江藤葉子を捜す寛末の姿に、仕方のないことだとわかっていても、いい気持ちにはなれなかった。

「話をするので、座ってください」

寛末は松岡に言われるがまま、手近にあった椅子に腰掛けた。こちらを見ている目は、不安そうに歪んでいる。

「結論から言うと、あなたの思う『江藤葉子』はここには来ない」

椅子から立ち上がった男は、まるで摑みかかるような勢いで松岡に詰め寄った。

「どうしてですか。僕は彼女と約束したんだ。ここで会うって」

「落ち着いて、とにかく座れよ」

松岡は寛末の肩を押して、強引に椅子へ腰掛けさせた。

「嫌な予感はしてた」

ぽつりと寛末が呟いた。

「何だか不安で、本当に会えるか不安で……」

ほんの慰めのつもりで軽く寛末の肩を叩いた。顔を上げた男は、睨むように松岡を見た。

「君は、何ですか」

言葉に詰まる。

「僕は葉子さんに会いに来たのに、どうして君がいるんですか？ 彼女は僕と直接会って話をするのも嫌だと、そう言ったんですか」

「そうじゃない。けど……」

「じゃあどうしてですか。やっぱり君が恋人なんですか」

もっとゆっくり自分のことを話そうと思っていたのに、寛末の混乱は酷くなっていく。

「話すけど、落ち着いて聞けるの？」

まだ何か言いたげだった唇が、曖昧なまま閉じられる。準備は整った。松岡はゆっくり息をついた。

「江藤葉子なんて女は、この世にいないんだ」

「嘘だ。だって僕は彼女と何度も会って……」

喋り出した男を遮った。

「江藤葉子は俺なんだ」

寛末が眉を顰めたまま、首を傾げた。

「俺なんだよ。俺が女の格好をして、江藤葉子って言ってたんだ」

寛末はぽかんと口を開けた。狐《きつね》につままれるとはこのことなんじゃないかという顔だ。

「最初に会った時、たまたま女の格好をしてただけなんだ。それから男だって言えないままここまできてさ」

寛末はぼそりと呟いた。

「そんな馬鹿な。顔が違う」

「同じだよ。化粧をしてないから違って見えるかもしれないけど」

「それに髪の長さも……」

「あれはウイッグ、かつらだよ。髪だけは伸ばせなかったから。だから俺、寛末さんに『髪には触るな』って言っただろ」

寛末はまじまじと松岡を見つめた後で「やっぱり嘘だ」と首を横に振った。

「だって、彼女はもっと小さくて、柔らかくて、声が……」

「喋るとどうしても男ってわかるから、喋れないって嘘をついてたんだ」

寛末は泣きそうに顔を歪めると、テーブルに両手をついて頭を抱えた。

「信じられない。……何もかも信じられない」

「信じられないかもしれないけど、本当なんだよ」

寛末は沈黙し項垂れる。松岡はそんな男に延々と話をした。出会った時のことから、今に至るまでを詳しく。自分たち二人しか知るはずのないことを話していけば、自分が江藤葉子だと実感してくれるんじゃないかと思った。

だけど寛末は次第に相槌すら打たなくなってきて、松岡は途方に暮れた。

「どうしても信じられないんだったら、ここで江藤葉子になってもいいよ。化粧しないといけないから、メイク用品を家から持ってくるのに少し時間がかかるけど」

「もう、いいです」

弱々しく寛末は断ってきた。

「葉子さんが君だというのはわかりました。そうすれば今まで不可解だったことにも全て納得がいく」

自分と江藤葉子が同一人物だということは、何とかわかってもらえたようだった。

「騙すつもりなんてなかったんだ。けど会った時が会った時だったから、なかなか本当のことが言えなくてごめん。女装なんてかっこ悪い趣味を知られて、軽蔑されるのが嫌だったんだ」

寛末は俯けた顔を上げなかった。

「本当にごめん。けど、俺は本気で本気で寛末さんとのことを考えてるから」

松岡の告白に、返事はなかった。

「あのさ、女装をするからっていって俺はオカマでもゲイでもないよ。仕事で疲れてた時期があって、女の格好をしてストレス解消してたんだ」

「ひとり……」

寛末が顔を上げた。

「一人で考えさせてもらっていいですか」

松岡は男を残して部屋を出た。廊下に突っ立っているわけにもいかず、一階にあるティーラウンジでコーヒーを飲む。

ある程度は予測していたものの、想像以上に寛末のダメージは大きい気がした。女と思っていたのが男でしたじゃしょうがないよな、と自分で自分に言い聞かせる。自分が逆の立場であっても、きっとそう思う。早くこの事実を受け入れてもらって、それで次の段階に進みたい。

三十分ほどティーラウンジで過ごしてから、部屋に戻った松岡は愕然とした。部屋の中は暗く、誰もいなかったからだ。

先に帰られたと悟ると同時に、虚しくなった。携帯電話を見ても、メールの一つも入っていない。慌てて寛末に電話をかけると、五コールで出た。

「松岡ですけど……」

そう告げると、男はしばらくの間、無言だった。

「帰るなら、帰るって一言ぐらい言ってほしかった」

『メモを……』

電話の向こうで、男は言葉に詰まりながら喋った。

『テーブルの上に、メモは残しておいたんですが』

探してみると、テーブルの上にはホテルの便箋を使って『申し訳ないけれど、先に帰らせてもらいます』と書き置きされていた。

『本当にすみません』

男はメモ書きを読んでいる松岡に謝った。

『申し訳ないとは思ったんですが、松岡さんの顔を見て話をするのが辛かったので』

「けど……」

『それじゃあ、失礼します』

プツリと電話は切れた。

「えっ、ちょっと」

かけたのは松岡からだった。それなのに寛末の方から電話を切られた。話は終わっていたとしても、失礼だ。

腹は立ったが、色々な事実を受け入れなくてはいけない男のことを考えて、許すことにした。

松岡にも、騙していたという後ろめたさが多分に残っていた。


真実を告げた夜、松岡からかけた電話以外に寛末から連絡はなかった。

翌日も、メールの一通も届かなかった。自分からかけようかとも思ったが、話した時の動揺ぶりを考えると、自分から連絡を取ることで逆にまた混乱させてしまいそうで我慢した。

そうやって二日、三日と過ぎるうちに、松岡はだんだん不安になってきた。そもそも話をしようと決意したきっかけは、寛末が『おばあちゃんでも子供でも君を愛する』と言ったからだ。それなのに、寛末の態度が自分の想像と違っている。

四日目になり、松岡は我慢しきれずにメールを送った。内容は『今朝は寒かったですね』という他愛のないものだったが、朝に送ったメールに返事はこなかった。

五日目、松岡は午後八時頃に電話をかけた。十コールしても出なくて、三十分ぐらい間を置いて二度目にかけた時には、留守番電話サービスに切り替わった。

寛末が自分からの電話だと知って、それで留守番電話に切り替えたような気がして、ショックを受けると同時に腹が立った。だからメールで『電話に出ないのは、わざとですか』と書いて送った。これには流石に返事がくるだろうと思っていたのに、何の反応もなかった。

六日目、松岡は最後の営業をわざと小石川研究所の近くにして、仕事を終えて直帰の電話を社に入れるとすぐに研究所へ向かった。午後六時を過ぎていたので受付に人の姿は見えず、松岡は雪がちらつきはじめた玄関の外で寛末を待った。

外へ出てきた社員らしき男に「総合事務の寛末さんはまだ残っていますか？」と聞くと「ああ、いたよ」と返ってきた。必ず会えるとわかっていたから、雪の中で待つことも苦ではなかった。

午後七時過ぎ、人が出てくる気配がした。野暮ったいコートと、変な癖のついた後頭部。寛末に間違いない。

「こんばんは」

声をかけると、男は立ち止まった。そして相手が松岡だとわかると、露骨に困ったような顔をした。そんな顔をされることに傷ついたが、おくびにも出さず松岡は男に近寄った。

「メールを出しても返事がないんで」

男は俯いて「すみません」と謝った。

「俺としては、寛末さんが何を考えてるのかわからないから、それなりのリアクションが欲しかったんだけど」

男は「すみません」と何度も謝るが、その先に言葉はない。

「一回、ちゃんと話し合った方がいいと思うんだけど、これから時間ありますか？」

寛末は腕時計を見て、小さく「バスの」と呟いた。

「バスがそろそろ最終になるので」

その言い訳にカチンときた。

「バスの時間があるから、俺とは話せないってこと？」

「ち、違います。ここは交通の便が悪くて、滅多にタクシーも走ってないんです。だから……」

「じゃあ俺もバスで帰りますよ。途中まで」

吐き捨てるように呟くと、寛末はまた困ったような顔をした。

「でも……」

「バスで、寛末さんの家の近くまで帰りますよ。そっちの方が都合がいいんでしょ」

畳みかけるように喋る松岡に、寛末は抗わなかった。近くにあるバス停まで歩くと、ちょうど来たところだった。寛末が最終と言っていただけあり、バスは混雑していた。最初は近くに立っていたのに、人の流れで次第に距離が離れていく。

寛末はバスの中でも、ずっと窓の外ばかり見ていた。三十分ほど揺られ、バスを降りる。降りた場所からは、寛末のアパートが見えていた。

「どこか、喫茶店にでも行きますか」

バスの中では一言も話しかけてこなかった男が、おそるおそるといった風に声をかけてきた。

「俺、腹減ってるから何か食べたいんだけど」

「じゃあファミリーレストランが近くにあるから、そこで」

言われなくても、ファミリーレストランがある場所は知っている。江藤葉子の頃に一緒に何度か行ったことがあるからだ。

店へ行く道すがら、最初は並んで歩いていたはずだったのに、気づけば松岡が先になっていた。少し歩調を緩めてみても差は縮まらない。江藤葉子の頃は並んで、おまけに手を繋いで歩いていたのが今となっては信じられなかった。

店に入り、松岡は生姜《しょうが》焼き定食を、寛末は焼き魚定食を頼んだ。向かい合わせに座っても、寛末は目を合わせようとしない。俯くか、横を向くか。

「江藤葉子が俺だって、やっぱり認めたくないですか？」

寛末はようやく松岡を見た。唇を浅く噛み締める。

「認める、認めないの問題ではなく、事実だから仕方のないことだと思っています」

この六日で、受け入れられていたような気配だった。でも「仕方のないこと」という言い草が気に障る。

「後から文句を言うのは俺の趣味じゃないんだけど、メールを送ったんだから、それなりに返事は欲しかった」

すみません、と寛末は謝った。

「電話もさ、あんな風に避けられるよりも、はっきり『今は声を聞きたくない』って言われた方がよかった」

すみません……とまた寛末は謝る。抑揚のない口調に心はこもっているようには思えず、口先だけで謝っている、そんな気がした。

「俺のことさ、嫌なの？」

単刀直入に聞いた。その言葉に、僅かに男の頭が揺れた。

「嫌とか、そういう次元の話じゃないんです」

「だってそうだろ。好きか嫌いのどっちかなんじゃないの？」

寛末が顔を上げた。

「僕は君を理解できない」

「理解できないって……」

「どうして女性の……服を着ていたのか、僕に嘘をつき続けたのか、最後の電話で、僕のことを好きだと……」

注文した定食が運ばれてきて、話がいったん途切れた。食事をはじめてしまった相手に話の先を促すこともできず、松岡も食べる。さっきまで空腹でたまらなかったのに、寛末の言葉が気になって食が進まなかった。

「箸の……」

男の呟きに顔を上げる。

「箸の使い方や食べ方は、葉子さんのような気がします」

葉子と言われることに、苛立ちを覚えた。葉子はもういない、最初からそんな女はいなかったんだと言っても、寛末は自分の仕草の中に江藤葉子の気配を探すのだ。

自分ではなく食べ方を見られていると思うと、余計に食欲がなくなり大部分を残してしまった。寛末は食事を終えると、箸を置いて随分と経つ松岡に「終わりましたか」と聞いてきた。頷くと、休む間もなく「出ましょうか」と席を立った。

「まだ話が終わってない気がするけど」

寛末は「ここではあまり、話さない方がいいと思います」と遠慮がちに呟いた。確かに男同士で愛してるとか女装とか話すには人目が気になる。松岡も立ち上がり、寛末の後について歩いた。結局、路上では一言の会話もなく、寛末のアパートに着いた。

見慣れたはずの部屋だったが、寛末の態度がぎこちないので、こたつの前に腰を下ろしたものの妙に落ち着かなかった。

何か飲みたいと思ったが、寛末が茶を入れる気配はなかった。江藤葉子の頃だったら、うるさいぐらい「お茶にしますか？　コーヒーにしますか」と聞いてきたことを思うと、どこか寂しかった。

寛末はコートを脱ぐと松岡の向かいに腰を下ろしたが、こたつの中には入らなかった。

「店で、僕は君を理解できないと言ったけれど、今もそれが全てです」

「理解できないって、女装のこと？」

寛末は曖昧に頷いた。

「女装に関してはそういう、アブノーマルな趣味の人もいるのかなと思うことで、納得できないこともないんです。ただ君の態度が不可解で……」

「俺のどこが不可解なんだよ」

膝の上で組み合わせた手を、寛末は強く握り合わせた。

「君を女性だと思い込んだ僕は、積極的にアプローチしました。だけど、君にはこうなる結末が見えていたんでしょう。それならどうして僕が好きだと言った時点で、振ってくれなかったんですか」

好きな人がいると言っても、それでもいいと言ったのは寛末の方で、今さらそんなことを言うなんてずるいと思った。

「確かに君は僕を遠ざけようとしていた。だけど途中でまた近づいてきて、優しくしてくれた。気持ちが通じたんだと思って、僕は嬉しかった。嬉しかったけど……」

「それは悪かったと思ってるよ。けどどうしても言えなくて……」

「君が男だと知って僕がショックを受けないとでも思っていたんですか？　好きになった人に好きになってもらえたなんて初めてで、浮かれて、真剣に結婚することまで考えて、家が欲しいとか、子供は何人がいいとか、自分が馬鹿みたいじゃないですか」

口調は静かだが、寛末の怒りが滲み出してくる。

「いつかこうなるとわかっていたなら、どうして僕とキスしたんですか？　本当に僕のことを好きみたいに見つめて、甘えてきて……挙げ句の果てに愛してるとまで君は言ったんですよ」

松岡は唇を噛んだ。

「確かに言ったよ」

「からかって、面白がってたんですか？」

「そんなわけないだろっ」

「でも君は、自分はオカマでもゲイでもないと言った。そしたら僕に恋愛感情を持つはずがない。そうすると、愛の言葉も全て嘘ってことになるじゃないですか」

返事が返ってこないメールに、留守番電話。それら全てが寛末の怒りの表れだったとようやく悟った。寛末は自分に対して怒っている。騙したこと、男だったこと全てにおいて。

「寛末さんの性格は知ってるよ。知っててからかうわけないじゃないか」

「けど君は……」

「俺の気持ちはっ」

男の声を大きな言葉で遮った。

「寛末さんに告白する前に、メールで伝えたのが全部だよ。嘘はついてない。女の服は着てたけど、俺は女になりたいなんて思ったことはないし、女装なんてもう二度としない。今まで男を好きになったこともない。だから、寛末さんが特別なんだよ」

お互い黙り込んだまま、俯いた。

「オカマでもゲイでもない君が、僕のことだけ特別に好きになった。そんな都合のいい話が本当にあるんだろうか」

それは問いかけというよりも、独り言のようだった。

「男だって告白する前、寛末さんはメールで言ったよね。君がおばあちゃんでも、子供でもきっと愛するって。だから俺は話そうと思ったんだよ」

寛末は頭を抱えた。自分の言葉が脅迫めいているという自覚はあったが、それでも言わずにはいられなかった。

「確かに僕はどんな姿であっても愛せると言いました。本当にそう思ったし、その時の気持ちに偽りはありません。だけど……」

先を聞くのが怖くて、胸が震える。沈黙は長く、いつまで経っても寛末は顔を上げない。松岡は自分の考えの甘さ、そして現実を痛いほど思い知らされていた。

「一からやり直すつもりでいこうよ」

そう言うしかなかった。

「江藤葉子って女はいなかった。そこからはじめようよ」

やっぱり返事はない。

「……何か言えよ」

間を置いて返ってきた言葉は「別に」とやる気のないものだった。しばらく向かい合っていたが、反応の乏しい男に語りかけるのが、松岡はだんだんと苦痛になってきた。

「俺、もう帰る」

立ち上がると、寛末は顔を上げた。顔を上げただけで、何も言わない。

「またメールか電話をするから」

返事は無理しないでいいから、と言おうとして、やめた。言えば本当に何の返事もしてくれなくなりそうで怖かった。

「じゃあ」

部屋を出て、後ろ手にドアの閉まる気配に泣きそうになった。江藤葉子の頃なら、絶対に一人で駅まで行かなかった。いいと言っても送ってくれたし、放っておいたら住んでいるマンションまでついてきそうな勢いだった。

寛末の態度の変わりようはショックだったが、仕方がないと自分で自分を慰めた。きっと今が一番悪い時期で、これからはよくなっていく。江藤葉子と自分は同じ人間だ。外見が違うだけで、中身は変わらない。これからも付き合いを続けていくことで、寛末はきっとそのことに気づいてくれるだろうと思った。

日に二度、メールを送った。朝と夜で二回。寛末から返事がくるのは一度だけで、それも送ってくる松岡に対して義理で返事をしているような気配があった。

松岡は毎日メールを送った。電話をすることもあったが、向こうがすぐに黙り込んでしまうのでまともな会話にならなかった。

メールが一度しかこないのは、わざわざ返事をするような内容のものを送ってないからだし、電話で話が続かないのは、寛末が口下手だからと、呪文のように言い聞かせた。

楽しみにしていた寛末からの返事がいつもに輪をかけてそっけなかったりすると、松岡も気持ちが暗くなった。それでも、メールを送るのをやめようとは思わなかった。メールをやめてしまったら、関わりがなくなるということがわかっていたからだ。

メールと、ごくたまに電話で話すだけの関係が二週間ほど続いた三月の半ば、寛末から一日一度のメールもこなかったことがあった。これまで毎日送ってくれていたのにどうしたんだろうと心配になったが、メールがこなかったぐらいで電話で問いただすのもどうかと思い我慢した。

するとと翌日の夜にはメールが届いた。そのことにホッとしていたら、翌日はまたメールがこなかった。けれどその翌日にはきた。そうしているうちに、メールが隔日なのは当たり前になり、間隔も二日おき……と徐々に日が空きはじめた。

このまま自然消滅に持っていかれそうな気がして、松岡はわざと返答が必要そうなメールを送った。そうすると寛末は律儀に返事をしてくるが、そうでないとまた徐々に間が空き始める。

このままじゃいけないと思い、松岡は寛末を食事に誘った。久しぶりに外で飯でも食いませんかと。職場まで押しかけて話を求めた二月の末から寛末の顔も見てなかった。

誘っても誘っても『仕事で遅くなるので』『忙しいので』と断られ、五回目の誘いでようやく『行きます』と返事をしてくれた。

松岡は単純に会えることが嬉しかった。店もわざわざ寛末が好きな、本社の近くにある、行きつけの居酒屋にした。

待ち合わせは駅前に午後七時。植え込みには、小さな桜が可愛らしく花をつけていた。駅を行き来する人も、スーツに着られている若者が目につく。約束の時間よりも十五分前に待っていた松岡に反して、寛末は十五分遅刻した。

「すみません、バスが遅れてしまって……」

寛末は松岡の顔を見て謝った。息も切らしてなかったし、髪も乱れていない。バス停からここまでは少し距離がある。遅れていても走ったりはしなかったんだとわかったが、責めるようなことでもなかった。

細かな、気になることはあったとしても、久しぶりに顔を見られて嬉しかった。だけど寛末はお世辞にもこの食事を楽しみにしているという表情ではなかった。何度も誘われたから義理で来た、というやる気のない雰囲気にも、松岡はめげなかった。

「じゃ、行こうか」

後ろを歩かれることも気にしない。男同士で並んで歩く方が変だと考えることにする。どうせ店に行けば、嫌でも向かい合うから寂しいのも歩いている時だけだと言い聞かせた。

店に着くと、予約していたのでカウンターではなくテーブル席に案内された。そこが以前、寛末と女装姿で初めて来た時に座っていた席だとわかり、内心しまったと思ったが、店の中はほぼ満席状態で席をかわりたいと我が儘は言えなかった。

気まずいまま、前に来た時と同じ位置に座る。今日最初に顔を見た時よりも、更に寛末は表情が沈み、松岡は一緒に萎えそうになる自分を奮い立たせて、明るく振る舞った。

「何にする？　そういえばここって魚が美味かったよね。寛末さん、好きなものを選んでよ」

寛末はチラリとメニューに視線をやった後で「今日は魚を食べたい気分じゃないので」と呟いた。

「あ、じゃあほかのものでもいいよ。モツ煮込みとか卵焼きにしとく？　あと俺がサラダを食べたいからじゃこサラダで。あと、飲み物は？」

寛末はビールで、と呟いた。一通りの注文を済ませると、先に飲み物と突き出しがくる。運ばれてきた酒を、お互いにちょっと視線で合図しただけで、グラスを合わせることもなく口に運んだ。

一口飲んだ後、寛末はビールのグラスをテーブルに置いた。顔は微妙に横へ逸らしたまま、松岡を見ようともしない。喋り出す気配もなかった。

「やっぱり研究所も、年度末の決算とか大変だった？」

松岡は当たり障りのなさそうな話題を振った。

「そうですね。僕はまだ去年研究所に異動したばかりなので、大変かどうかまでわかりませんでしたが」

「そっか。でも決算って一年分のツケがそこに回ってくるわけだからきついよね。俺は毎月、何とかノルマはクリアしてるから大丈夫なんだけど、ほかの奴らとか見てると大変だって思うよ。最近は雇用する側もシビアだし」

寛末は相槌のように頭を前後に揺らした。

「営業のノルマとかだと特にさ、契約取れて嬉しいって思うけど、何て言うかこう凄い達成感は少ないんだよね。言わば俺らは販売員なわけで、できたものを単に売ってるだけだろ。それが必要なことだっていうのもわかってるんだけどさ」

松岡はチラリと、上目遣いに寛末を見た。

「その点、研究所だと自分で作るっていう意味でのやり甲斐とか、そういうのはある気がするな」

「僕は単なる事務員だから」

持ち上げてみても、あっさりとかわされる。

「そうかもしれないけど、研究員とか傍で見てて、そんな風な気持ちになることってない？」

別に……と呟いて、寛末はビールを飲んだ。

「そっか。俺は売ることしか脳がなかったから営業だったけど、研究員とか今頃になっていいと思うから」

寛末の喋る割合は、松岡九に対して一ぐらいだ。どんな話題を振っても、返ってくるのは単語ばかり。寛末に積極的に話をしようという気持ちがないのはよくわかる。

それでも向かい合っている限り、松岡は何か言い続けずにはいられなかった。

「小石川の方って、四月になって研究員の新人とか来たんだよね」

「多分……」

「研究員とかだと、やっぱりどっかの大学の院生とか、そういうのが多いの？」

「わかりません」

「聞いたことないの？」

寛末がため息をついた。『うんざりしている』と聞こえてきそうな重たさだ。

「研究所の人と、そういった学歴の話はしないんです。……少し食べてもいいですか？」

「あ、うん」

寛末の言い方に妙な引っかかりを感じる。自分は学歴の話をしているわけじゃない。単に興味があっただけだ。

喋っている間に運ばれてきて、少し冷えかけたモツ煮込みを口に運ぶ。前と同じ味のはずなのに、美味しいと思えなかった。

「ああ、すみませんねえ。今満席なんですよ」

オヤジさんが話しているのが聞こえ、顔を上げるとそこに寛末の元上司で松岡と同期の福田が立っていた。

ゲッと思って視線を逸らす。

「あれ、松岡じゃねえ？」

目ざとい男に見つかってしまった。声をかけられたら、無視できない。おまけに福田は自分たちの傍に近づいてくる。

「お前もこの店、知ってたんだな」

そう呟いて、福田は向かいの男にも視線をやった。寛末が小さく頭を下げる。

「どうもご無沙汰してます」

「こっちこそどーも」

寛末の存在をサラリと流し、福田は松岡に「あのさぁ」と話しかけてきた。

「彼女がどうしてもここで食事をしたいって言うんだよ。料理が美味しい穴場の居酒屋って雑誌で紹介されてたみたいでさ。悪いけど相席させてもらえないかな」

今日は寛末と二人で食事を楽しみたかったから、返事を躊躇った。すると向かいの男が「僕ならいいですよ」と言ってしまった。

「あ、そう？　じゃ呼んでくるんで」

福田はすぐさま店の入り口に戻ると、女を連れてきた。岡林ではなかったので、新しい恋人のようだ。面食いの福田が選ぶだけあり、顔だけ見れば標準以上のレベルだった。

「すみません、お邪魔します」

相席することになった寛末と松岡にニコニコと笑いかけてくる。愛想は悪くない女だ。

隣に人が来たことで、あまり喋らない寛末に加速がかかった。逆に福田とその恋人は付き合いはじめて間もないのか、他愛のないことでよく笑っていた。

「そういえばさ、前も思ったんだけど寛末さんと松岡ってどういう関係なの？　寛末さんは小石川に行ってて接点ないだろ」

彼女が食べはじめて少し間ができると、福田はこっちに話を振ってきた。まさか女装して会っていましたとも言えず、松岡は適当に話を作った。

「営業でたまに小石川の方へ行くんだよ。そこで寛末さんと顔見知りになったんだ」

「小石川ってここから二十分ぐらいかかるだろ？」

そう呟き、福田は寛末に向き直った。

「仕事終わってこの時間にここまで出てこられるってことは、やっぱり終業とか早いんですか？」

自分に振られた話を、寛末は無視しなかった。

「総務の時に比べると、早いかもしれません」

その返答を待ち構えていたように「あーいいなぁ」と福田は肩を竦めた。

「研究所の総合事務っていいな。仕事は早く終わるし、忙しくもなさそうだし。俺もそっちの方に行きたいですよ」

心に思ってないことをサラリと言えるのが福田だ。寛末を小石川へ飛ばそうと自分が小細工したくせに、酷い言い草だった。

「それ言うなら営業もいいよな。好きなだけ外でサボれるし」

福田の恋人が話を真に受けて「営業ってそうなんですか？」と聞いてくる。

「そうなんだよ。もう終日フリータイムみたいなもんだからさ」

それはお前が考えているイメージだろうと言い返したかったが、ニッと笑って我慢した。

「お前も営業に来ればどうだ。年度末はきついけど、それがなかったら楽だしさ」

福田が「でもなぁ」と呟いた。

「俺って一応、総務主任だし」

「お前だったら、営業に来ても大丈夫だよ」

適当におだてる。これで万が一、福田がいい気分になって営業に来たら毎月のノルマ地獄にヒイヒイするのは目に見えていた。まさに「ざまあみろ」だ。

福田と話をしていて、ふとテーブルを見ると寛末のグラスが空になっていた。

「あ、寛末さん。何か飲む？」

ビールを、と返事をしたから同じものを頼んだ。頼んだ後になって、俯く顔がやけに赤いと気づく。そろそろセーブをした方がいいような気もしたが、まだ三杯目だしと思い敢えて口は挟まなかった。

「そういえばさ、寛末さんって彼女がいましたよね。背の高い、すらっとした色白の」

福田が、触れられたくない部分についてズバリと切り込んできた。

「いいえ」

強い口調で寛末は江藤葉子の存在を否定した。

「えっ、でもいたでしょ。送別会の後で彼女のことが部署内で話題になってたんですよ。どこで知り合ったのかとか」

「彼女は僕の恋人じゃないです」

福田は首を傾げ「あ、そう」と呟いた。

「彼女じゃなかったんですか。そう言われてみると納得かも。人形みたいに綺麗すぎて、寛末さんと並んでてもちょっと違和感があったっていうか」

福田は失礼なことを言っていたが、寛末は怒る気配も見せなかった。

「けどさ、恋人じゃなくても知り合いは知り合いなんでしょ」

「そうですね。だけど僕は彼女に振られてしまったので、あまりその話をしたくないんです」

福田が嬉しそうに笑ったのを松岡は見逃さなかった。

「それって寛末さん、高望みしすぎたんじゃないですか？」

「そうかもしれません」

寛末の返事に、福田はまた笑った。テーブルの上は、一見会話が弾んでいるように見えるけれど喋っているのは福田だけで、寛末は聞かれなければ喋らず、松岡は相槌を打つだけだった。

「おかわりもらえますか。今度は菊水《きくすい》で」

寛末の手許を見ると、ついさっききたビールがもう空になっている。耳も真っ赤だ。見ていると、箸を持った右手が、焼きおにぎりについていた漬物を挟もうとして、二回も空ぶりした。

「そんなに飲んで大丈夫ですか？」

小声で話しかけても、聞こえているのかいないのか返事もしない。そして運ばれてきたグラスの冷酒を、止める間もなく一気飲みした。

「あの、次も同じもので」

通りかかった従業員に声をかける。

「もう、やめておいた方がいいんじゃないですか。明日は休みじゃないんだから、二日酔いになるときついですよ」

寛末が顔を上げた。

「僕が明日、二日酔いで辛くても松岡さんには関係ないでしょう」

冷たい口調で言い放たれて、言葉を失う。話を聞いていた福田が「ちょっと」と間に入ってきた。

「その言い方はないでしょ。松岡は寛末さんのことを心配して言ってるんだから」

窘《たしな》められて「そうですね」と、まるで心のこもってない声で呟き、運ばれてきた冷酒を水のように飲み干す。やっぱり酔いは確実に寛末の体を巡っていて、手許が狂ったのか空のグラスを床に落とした。

「あっ」

運よく割れなかったグラスを拾おうと背後に体を引いた寛末は、大きくぐらりと揺らいで、福田にもたれかかった。

「ちょっと寛末さん、そんなに酔っ払ってどうすんだよっ」

不機嫌さを隠さず、福田は眉間に皺を寄せた。

「すみませ……」

謝るものの、まるで船に乗っているように揺らぐ体は止まらない。見るに見かねて松岡は席から立ち上がり、向かいに腰掛けていた寛末側に回った。

「寛末さん、こっち来れる？」

チラリと松岡を見たものの、寛末は言うことをきかない。だけどやっぱり体は揺れて、隣の福田にもたれかかっては「重たいんだって」と文句を言われていた。自分に寄りかかるのを嫌がる男を無理に立たせて、通路に連れ出す。

「寛末さんもかなり酔っ払ってるし、俺たちはこれで帰るよ」

そうしてくれと言わんばかりの顔で、福田が「ああ、じゃあな」と手を振った。松岡は立ってもいられない寛末をレジの近くの椅子に座らせて、二人分の支払いを済ませた。それから松岡が触れることを嫌がる寛末の肩を強引に抱いて、店を出た。

「一人で……歩ける」

そう言うものの、寛末はダンスを踊るみたいに前後に揺れる。松岡は酔っ払いの言うことには耳を貸さず、肩を支えながらゆっくりと歩いた。

酔った体は重たい。早くタクシーの拾える大通りに出ないかと思っていると、不意に抱える男から「グウッ」と嫌な音が聞こえた。

寛末が口許を押さえて青い顔をしている。慌てて道端の植え込みに連れていくと、うつ伏せになって吐いた。何度もゲエゲエ吐いている間、松岡はずっと男の背中を擦っていた。ようやく吐ききったのか、ゲエッと背中を丸めるものの何も出なくなる。松岡は寛末を五階建てビルの入り口にある階段に座らせて、自動販売機を探した。ペットボトルの水を買って男のもとに戻る。

「これで口、ゆすいで」

寛末は水を受け取り、ふらふらと植え込みに戻ると口をゆすいだ。ゆすいだ後で、またその場にしゃがみ込む。松岡は道端の寛末を抱えて、再び人の邪魔にならないビルの階段へと引きずった。

「まだ気持ち悪い？」

隣に腰掛け聞くと、少し……と返事があった。タクシーに乗ったら、揺れでまた吐きそうに思えて、ここで少し酔いを醒まさせた方がいいような気がした。

寛末は階段にじわっと寝転がる。服が汚れようがおかまいなしで、明日の仕事に着ていけるような替えのスーツはあるんだよなと、余計な心配をしてしまう。

「君は平気で嘘がつける人なんですね」

ぽつりと寛末が呟き、松岡は振り向いた。

「福田さんに嘘をついたでしょう。営業で小石川に来て、僕と仲良くなったって」

いきなり何を言い出すんだろうと思った。

「仕方がないじゃないか。俺が女装して云々《うんぬん》なんて言えるわけないいんだから」

「小さくても大きくても、嘘は嘘でしょう」

些細なことにこだわる男に、カチンときた。

「女装してた時に知り合ったってバカ正直に話して、俺が軽蔑されて笑いものになればよかったたって言うのかよ！」

「そうじゃない」

「嘘つくなってことは、そういうことだろっ」

怒鳴りつけると、寛末は両手で頭を抱え込み、口を閉ざした。気まずい沈黙が訪れる。松岡は唇を噛んで、正面にある大通りの、途切れることのない車の流れをずっと目で追いかけた。

「今日は、会社に行くのが憂鬱だった」

眠ったんじゃないかと思うほど静かだった男が、唐突にそう切り出した。

「夜、君に会わないといけないと思うと、気が重かった」

胸の奥底がキリッと痛んだ。

「顔も見たくないし、話をすることもないのに、どうして会わないといけないんだろうとずっと考えてた。メールもやめたいのに、いつも返事がくるから……」

最初から乗り気でないのは知っていた。それでも本人に直接言われるのはきつい。

「じゃあさ、寛末さんは俺のこと嫌いなの？」

返事はなかった。

「嫌なら嫌って、はっきり言えよ」

返事をしようとしない寛末が、自分と向かい合うことから逃げているような気がして、卑怯だと思った。

「言えって、言ってるだろ！」

寛末はうるさそうに頭を振ると、ノソリと立ち上がった。相変わらず微妙に揺れてはいたが、吐いて少しは酔いが醒めたのか、何とか一人で歩いている。

「もう帰ります」

ぽつんと言い残し、寛末は歩道の端に近づいた。右手を上げ、空車のタクシーを捕まえようとしている。

「待てよ。自分だけ言いっぱなしで帰るつもりか」

「一人にさせてください」

一台のタクシーがウインカーを点滅させながら、速度を落とした。寛末の前に止まる。逃げるように後部座席に乗った男の後に続いて、松岡も強引に隣へ乗り込む。

「松岡さんは反対方向じゃないですか」

「話はまだ終わってない」

言い争っていると、タクシーの運転手が振り返り、うんざりした顔で「出ていいんですかね」と声を荒らげた。松岡が「はい」と返事をしたので、タクシーが動き出す。

「とりあえず光台線《ひかりだい》の桟橋《さんばし》駅まで、お願いします」

松岡は寛末のアパートの最寄り駅を告げた。チラリとこちらを見た後、寛末は大きなため息をついて窓の外へ視線を向けた。

タクシーに乗って五分もしないうちに寛末は再び眠りはじめ、カーブを曲がった拍子に松岡の肩にもたれかかった。それからずるずると体勢が崩れ、終いには人の膝を枕に寝息をたてはじめた。男の無防備な寝顔が、膝の温かい重みが、憎らしいやら愛しいやらで、松岡の気持ちも複雑に揺れた。

アパートの前に着いても、寛末は起きなかった。タクシー代を払った後で、大きく肩を揺さぶると、ようやくうっすらと目を開けた。寝ぼけ眼の男は、タクシー代を払おうとしたのか、鞄から財布を取り出した。

「あー、お代はもういただいているんで、早く降りてもらえますかね」

運転手に冷たく言い放たれ、寛末はのろのろと車の外へと出た。そして松岡に代金を渡そうとしたが、こっちも頑として受け取らなかった。

「金なんかどうでもいい。俺は寛末さんと話がしたい」

路上で、一歩も引かない気持ちで睨みつける。寛末は視線を逸らし俯くと、何も言わないままアパートへ向かって歩き出した。松岡も後を追いかける。アパートの階段を上る、いつもよりもワンテンポ遅い足取りは、寛末の酔いの名残を表していた。

部屋に入ると、寛末はキッチンの蛇口に口をつけるようにして水を飲んだ。息をついて、部屋の奥に入る。スーツの上着を脱ぎ、そして壁にもたれかかるようにして座り込んだ。

男の正面に立って、見下ろす。寛末ははっきりと自分の存在を嫌がっている。それはもう明らかだった。嫌なら嫌で仕方がないから、嫌だと思う理由を知りたかった。そうでないと納得できない。

「理由を言えよ」

寛末がガクリと更に深く頭《こうべ》を垂れた。

「俺が駄目な理由を言えよっ」

だんまりを通す態度がじれったくなり、男と同じ目線まで膝を折り、肩を揺さぶった。視線を俯けたまま、男が面倒臭そうに呟いた。

「君は、男じゃないか」

吐き出された決定的な一言。松岡の頭にカッと血が上った。ドンッと畳の上を拳で叩く。腹の底で堪えていたものが、一気に噴き出す。

「男だよ。だから、だから本当のことを話す前に、何度も確認したじゃないか。あんたは俺が子供でも年寄りでもいいって言った。だから俺は話したんだよ。あんたの言葉を信用したんだ」

寛末が顔を上げ、淀んだ目で松岡を見た。

「でも君は僕に嘘をついた」

まるでそれが決定的事項みたいに言われ、悔しくて両手を握り締めた。

「嘘をついたことは何度も謝っただろ。それにあんただって俺に嘘ついた。愛せるって言ったくせに、男だってわかった途端に態度を変えたじゃないか」

男は頭を抱えるように髪の毛をグシャリと掻き回すと、ゆっくり首を振った。

「嘘をつくつもりはなかった。あの時は本当に、君が何者でも、過去にどんな過ちをおかしていたとしても愛せると思った。だけど……男だなんて想像もしてなかった」

松岡は胸に手をあて、寛末ににじり寄った。

「江藤葉子も松岡洋介も俺だよ。寛末さんに本気だっていう気持ちは変わらないんだよ」

じっと松岡を見つめていた視線が、フッと逸らされる。

「違う」

「違わないって。江藤葉子の方が偽物なんだ」

大きく首が横に振られた。

「君は偽物だと言うけれど、僕の中では葉子さんの方がリアルなんです。人形みたいに綺麗で、笑顔が優しくて、喋れない彼女が僕の中では現実なんです」

男が目を伏せた。

「僕はどんな事実を知っても彼女を愛すると言いました。だけど結果的に、僕は君を彼女のようには好きになれない」

松岡は奥歯を嚙み締めた。好きになれないなら、好きになれるよう少しは努力してくれたのかと、意地悪なことを聞いてみたくなる。

「中身が同じだと言われても、駄目です。僕は彼女の容姿に惹かれたんじゃない。そして男の君を好きにはなれないというのも、正直な気持ちです。嘘をつくつもりはなかった。自分の気持ちが変わるなんて思わなかったんです」

「嘘つき」と罵倒してやりたかった。愛すると言ったから話したのに。こうなるのが嫌だから、何度も何度も確かめたのに。

人の心が移ろいやすく、冷めやすいのなんて知っている。知っていても、この男なら大丈夫だと信じていた。

「男だから駄目だっていうんだな」

「すみません」と謝る男の前で、松岡は考えた。男だから駄目だと根本的なところで自分を弾き、メールを送っても、電話をしても、食事をしても手ごたえのない相手を、どうやったら振り向かせることができるんだろう。

過去の恋愛経験からいって、こういうパターンは諦めた方がましだった。ゼロではなく、プラスからマイナスに転じてはじまる関係。それをもう一度プラスに持っていくのは難しい。

駄目かもしれないと頭ではわかっていても、諦めたくない。諦めきれない理由の一つは、自分は江藤葉子と容姿以外は何も変わらないということだった。もし内面を知ってもらえたら、前みたいに好きになってもらえるんじゃないかという希望が捨てきれない。江藤葉子と同じだと気づいてもらえるまで、多少強引でも、どんな手を使っても、男の傍に自分の位置が欲しかった。

松岡は覚悟を決め、うなだれる男のシャツの胸許を両手で摑んだ。寛末が顔を上げる。

「俺と寝てよ」

自分を見ていた目が大きく見開かれた。

「一回、セックスしてよ。男は駄目だって思ってても、実際やったら大丈夫かもしれないだろ」

「……きっと駄目ですよ」

「試す前から駄目だって言うなよ。冗談みたいな感じでいいから俺としてよ。そうでもしないと、納得できない」

逃げ腰になる男を引き寄せて、キスした。江藤葉子の頃は、何回も何回も繰り返して、すっかり知った気でいた寛末の唇が、まるで別人みたいに思えた。

寛末の全身が強張って、自分の存在を拒否していても、松岡は強引にキスを続けた。ちっとものってこない男に苛々して、つい江藤葉子の時のように、癖のある髪の毛を掻き回した。

ビクリと男が反応した。それまで消極的だったキスが、ようやく意思を持ち始める。目を閉じたまま松岡を抱き、やわやわと背中を摩り出した。まともな反応が嬉しくて、松岡は夢中になって男にしがみついた。

舌を絡める深いキスの狭間に、寛末がスラックスからシャツを引き出す気配がした。前はそこで右手の侵入をシャットアウトしていたけど、今日はその必要もない。直に肌に触れてきた指は、シャツをたくし上げながら胸の小さな突起に触れた。軽く摘まれて、背中がビクリと震える。

松岡を畳の上に横たえる間も、寛末は目を閉じていた。目を閉じたまま、シャツをたくし上げて露にした胸に顔を埋めた。

「小さい……」

呟きながら、それでも男は口に含んだ。湿った感触に背筋がゾクゾクし、その感覚が消えないまま強く吸い上げられる。股間がむず痒くなり、松岡は内股を擦り合わせた。一心不乱に乳首を吸っていた男が、右手でもう片方を、反対側への刺激でプクリと尖った先を摘み上げる。

「小さいけど、葉子さんのは可愛い」

愛撫される心地よさにうっとりしていた松岡は、葉子と呼ばれて我に返った。

「違……う」

寛末の頭を押した。

「俺は葉子じゃな……」

信じられないことに、寛末の左手が松岡の口許を押さえた。まるで松岡の声を聞きたくないとでもいうかのように。

松岡が黙り込むと、指は口許から離れて再び愛撫に集中した。両方の胸を、溶けるかと思うほどしつこく舐め回してから、寛末は松岡のスラックスのボタンを外し、ジッパーを下げた。男に協力して、松岡は引き下げられる時に少しだけ腰を浮かした。

寛末は膝までスラックスを下げたものの、下着には手をかけてこなかった。

男とのセックスは初めてで、だけど好きだと思う相手に感じて、松岡の性器は下着の上からでもわかるほど強く反応を示していた。早く直に触ってほしくて、上に重なる男を強く引き寄せると、強い力で拒まれた。松岡が戸惑っている間に、寛末は松岡の体を畳の上でひっくり返した。

背後から体が重なった。両手で胸を乱暴に揉まれ、首筋に噛みつくようなキスをされる。松岡に押しつけられる寛末の股間は、硬く反応していた。

カチャカチャとベルトを外す音がした。その後で、うつ伏せのまま下着を引っ張られ、腰が露になる。そのことに羞恥を覚える間もなく、熱いモノが強くそこに押しつけられて、ギョッとした。

「あ、ちょっと待って……」

慣れないそこへの愛撫もなしに、いきなり先端が押し入ってくる。松岡は悲鳴を上げた。

「嫌だ、痛いって……寛末さん。痛い」

また口許を押さえられた。凶暴な性器はグッとひときわ奥まで差し込まれ、下半身が硬直する。嫌だと言ったのに、信じられないぐらい手荒に扱われる。それに加えて今まで経験したことのない種類の痛みに、松岡は細かく震えた。

挿入を伴うことも覚悟していた。嫌なわけじゃない。ただ男同士は濡れないから、それなりの準備が必要になる。色々と前戯があって、慣らして、それでもなおかつ痛いなら我慢する覚悟もあった。だけどこんな、一方的に突っ込まれるなんて思いもしなかった。

「ほ、本当に、痛い……」

口許を押さえられたまま、くぐもった声で必死に訴えても聞く耳を持ってくれない。押し入ってくる暴力に、じわりと涙が出た。

「葉子さん、きつい」

痛いものを根元まで押し込まれた挙げ句、葉子と呼ばれて松岡は発狂しそうになった。

「違うっ。俺は葉子じゃな……」

口許をまた手のひらで覆われた。

「どうして僕を拒むの？　身をまかせてくれたんじゃないの。力を抜いて……」

痛いと言うのに突っ込んできて、そのうえ力を抜けと言われても無理な話だった。文句を言っても遮られるから、松岡は首を横に振った。ずるずると抜けていく気配がして、ようやく痛みから解放されると思ったら、途中まで抜けたそれは勢いよく打ちつけられた。

「ひいっ」

擦られる痛みに、背筋が震える。痛くて松岡は泣いているのに、寛末は容赦なく前後の律動を繰り返す。寛末は中で射精したが、松岡の性器は痛みのあまり途中で萎えて、それきりだった。寛末は松岡の性器に触りもしなかった。自分がイクことに夢中で、痛みを与えられる相手のことなどどうでもいいと思っているようだった。濡れないそこが、クチャリと音をたてる。陰嚢から何か滴ってきて、手に取ると粘つく赤い液体が糸を引いた。

「も……やめろよ。血が出てる。お願いだから、お願い……」

訴えても聞いてもらえず、腰だけガクガクと揺さぶられる。ようやく男の動きが止まったのは、それからしばらく時間が経ってからだった。

背後から松岡を抱き締めたまま、寛末は不意に動かなくなった。

「……抜けよ……」

自分の中にある暴力を訴えても、男は動かない。相手が眠っていると気づき、松岡はその下から抜け出そうとしたけれど、少しでも動くと入れられたままの腰が刺すように痛んで、何度も呻いた。ようやく男の下から抜け出すと脱力して、その場にうつ伏せになった。

腰は痺れて、あまり感覚がない。そのくせ、少しでも体を揺らすと刺すように痛んだ。最悪という言葉が浮かんで消える。いくら自分から誘いかけたセックスでも、寛末がここまで露骨だとは思わなかった。

セックスという形は成り立っていても、愛情はない。松岡洋介相手だと知りながら、江藤葉子を探す。寛末は男を相手にしているという自覚があった。男だと知っていたから自分の性器に触れなかったのだろうし、執拗に後ろから責めてきたような気がした。

四つんばいになって下着を探していると、股間を何かが伝う気配がした。慌てて手近にあったティッシュで押さえると、感覚のない腰から血液混じりの精液が流れ出してきた。止まったと思っても、すぐにトロッと太股を伝い、そのたびに腰を拭うのが惨めだった。

それもようやく止まり、松岡は服を整えた。早く帰ってシャワーを浴びたかった。時計を見ると午前三時を過ぎている。

松岡は全裸でうつ伏せている男の傍に近づいた。気持ちよさそうに寝ている顔を見ていると、殴ってやりたい衝動に駆られる。右手を大きく振り上げ、けど何もできずに膝の上に落ちる。知らないうちに涙が溢れてきて、男の頬にぽたぽたと落ちた。くしゃくしゃの頭をそっと抱えて、うずくまる。

しばらくそうしてから、松岡は押し入れの中から毛布を取り出して男にかけ、目覚ましを朝の七時に合わせた。こたつの上に『鍵は郵便受けに入れています』と書き置きし、部屋の外に出て鍵をかけた。

四月になっているとはいえ夜は冷える。薄手のコートだけでは体が震え、歩くとそれだけで腰に響いた。立っていても座っていても辛くて、もうどうしようもなかった。中途半端な時間で大通りに出てもタクシーはあまり走ってなくて、捕まえるまでに二十分もかかった。ようやく来た一台に乗り、倒れ込むように横になってからは、自分のマンションに着くまで気を失うようにして眠っていた。

マンションの部屋に戻ると、そのままベッドで横になった。ひどく体がだるかった。眠たいのに、色々考えていると眠れなくなった。それでも七時には起き出し、シャワーを浴びた。体の汚れは落ちても、下半身のだるさは消えなかった。

いつも通り午前八時十五分には出社した。外回りの営業なのをいいことに、仕事の合間に公園のベンチで横になった。午後からは体が変に熱くなり、熱が出ているような気がした。それでも仕事を続けたのは、じっとしていると余計なことを考えてしまいそうな気がして嫌だったからだ。

午後六時、仕事が終わる頃にはヘトヘトになって、愛想笑いもできなくなっていた。マンションに帰るなりベッドに倒れ込み、玄関の呼び鈴が鳴るまで寝ていた。呼び鈴も、最初は無視していた。どうせ新聞の勧誘だろうと思ったからだ。

メールの着信音が聞こえる。寛末からのそれに慌てて跳び起きた。

『今、どこにいますか。僕は松岡さんの部屋の前にいます。どうしても君に謝りたいことがあるので、会ってもらえないでしょうか』

急に動いたことで腰が痛んでも、気にならない。だけど玄関まで来て、考えた。気持ちははやる。酷いことをされたのに、顔を見たいと思う。それらを全て客観的に考える。これまでのこと、これからのこと……。

十分ほど考えてから、ドアを開けた。向かいのコンクリート柵にもたれるようにして立っていた寛末は、驚いたように体を震わせた。

「昨日はすみませんでした」

男は深く頭を下げた。

「中、入ってもらっていいですか。……外で話したくないんで」

寛末は言われるがまま玄関まで入ってきた。靴を脱ごうとはしなかったし、松岡も部屋まで上げる気はなかった。

「正直、僕は昨日のことを全てはっきりと覚えてるわけじゃない。だけど『酔っていた』では言い訳がつかないことを君にしたのはわかってます。すみません」

「別に謝らなくてもいいよ」

　松岡は小さく息をついて、腕組みした。

「誘ったのは俺だしね。お互いいい大人で合意の上だったんだから、気にすることないと思うけど？」

「だけど……」

「これからのことが心配？」

　男の頭が不自然に揺れる。

「俺はもう、寛末さんにメールも電話もするつもりはないから。俺のことをどう思ってるのかって、昨日のことでよくわかった」

　俯いたまま、男は無言だった。

「もうこれっきりってことにさせてもらっていいかな」

　じわりと顔を上げる。自分の言葉で相手の顔に広がった安堵を、松岡は見逃さなかった。その証拠に、男は「わかりました」と迷うことなく返事をした。

「正直、俺も吹っ切れたんだよ。寝て満足したってわけでもないけどさ」

　寛末からの返事はなかったが、自分を見ているその目はどこか冷めているような気がした。

「もう帰っていいよ」

促されるまま、寛末は玄関のドアを開けた。外へ出かけて、何か思い出したようにふと振り返った。

「そういえば、体は大丈夫でしたか？」

不意を突かれた。

「畳の上が……その、汚れていたので」

帰りがけに目立つところは拭いた。それでも落ちない部分があった。

「別に」

そうですか、と呟くと、男は他人行儀な会釈をしてドアを閉めた。ドアの閉る余韻と足音が消え去ってから、松岡はその場にしゃがみ込んだ。

寛末が罪悪感を覚えないように、汚れた床を拭いた。血の染みがあったとしてもそう大きいものではなかったはずだ。だからついでのようにしか自分の体を気遣えなかったんだとわかっていても虚しかった。

あんなに鈍感で、優柔不断な男のどこがよかったんだろうと自分に問いかける。だけど、好きになったものはどうしようもなかった。

相手に全くその気がないのに、とりつく島もないのに、それどころか迷惑がられているのに続けていきたいとは言えなかった。

好きだと言ったら、寛末が困るのは目に見えていた。だから気持ちの冷めた振りをして終わらせた。こっちの気持ちも薄れたとアピールしてやることで、寛末が少しでも楽になるように。

こんなにこんなに気を使って、だけど好きな男からは少しも気遣ってもらえなかった。痛い言葉と、痛い態度だけ残されて。

松岡はノロノロと部屋の奥に戻った。あんなにすげなくされても、まだ好きだと思っている自分が、たまらなく惨めだった。


寝なければよかったと、呆れるぐらい後悔した。それも時間が経つにつれ、逆にあいう終わり方になってよかったんじゃないかと考えられるようになった。未練の残る余地がないからだ。セックスは最悪だったし、思いやりのない態度に幻滅した。

冷静に考えると、自分もおかしかった。女装したまま男と会い続け、言い寄られているうちにその気になった。相手が自分を女だと信じて疑ってもいないのに、男だと本当のことをばらしても、そのまま恋愛が続いていくと信じていた。本音と建前の違いぐらい知っている。普通に考えれば、駄目になって当然だった。

転がり落ちるように、全てが悪い方向に流れていく時がある。仕事が上手くいく時とそうでない時があるように。だけどじっとしていたら、大抵のことは行き過ぎる。そんな事実も、何が悪かったのかも、きっと思い出せないようになる。これも同じ類のもので、時間が解決するのを待つしかないんだろうなと思った。

寛末に決別を言い渡して一週間ほど経った四月の半ば過ぎ、松岡は女装用の服や靴、ウイッグを全て捨てた。まとめると大きなゴミ袋二つになり、驚くやら虚しいやらでなぜか笑えた。部屋の中から過去の匂いを欠片も残さず排除することで、元通りの生活に戻るリセットキーを自分の中で押した。

その日を境に、松岡は仕事に没頭した。営業も人の倍近く回り、成績も格段に伸びた。朝から夜遅くまで外を駆けずり回り、俄《にわか》に仕事の鬼と化した松岡に「随分頑張ってるよな。金のいることでもできた？　ひょっとして結婚決まったとか」と同僚は茶化してきたが、曖昧に笑って誤魔化した。

寛末とのことをそう簡単に忘れられるとは思ってない。だけど早く忘れてしまいたい。気を紛らわせるために仕事に没頭しているのに、肝心の目的はなかなか果たせない。嫌になるほど働いて、体が泥のようにクタクタに疲れていても、ふっと気の緩んだ時に思い出す。それは大抵眠る前で、一度自己嫌悪の狭間に落ちていくと、夜はとてつもなく長いものになった。

ゴールデンウイークを過ぎ、長雨の時期を迎え、梅雨明けしたとテレビが騒がしくなり、眩暈がするほどギラギラした日差しが煩わしくなっても、それは変わらなかった。

ただ、仕事の成果は形となって表れた。五月から二ヵ月連続で松岡は営業の契約取得件数が一位になった。上司にも褒められたし、嬉しいと思うのに、手放しで喜べなかった。同僚と話をしていても、笑っていても、気持ちのどこかに空いている穴を意識する。隙間風の吹き抜ける部分が、いつも自分の感情温度を下げていった。

七月も半ばを過ぎた頃、営業の事務である葉山が、小石川研究所への出向から帰ってきた。四月の終わりに小石川研究所から『就職したばかりの社員が二人辞め、人手が足りないから、育児休業の社員が戻ってくるまでの二ヵ月の間、事務を寄越してほしい』と要請があった。

一年目じゃなく、使える事務員が欲しいという向こうの注文で辞令を受けたのが、松岡と同期でベテランの葉山だった。出向前「遠いし、知らないところだし、そのまま帰ってこられなくなりそうで嫌だわ」と葉山は散々愚痴を零していた。小石川と聞くと寛末が連想されて松岡は一気に憂鬱になったが、それを隠して「たった二ヵ月だろ。すぐだって」と慰めた。

その日、松岡は朝から昼過ぎまで外回りに出ていた。予定ではもう少し得意先を回るつもりでいたが、あまりの暑さに辟易して途中で切り上げて社に戻った。空調の効いた涼しい部屋で、たまりにたまったデスクワークに没頭していると「松岡君」と、背後から久しぶりの声が聞こえた。

振り返ると、ほぼ二ヵ月ぶりに顔を合わせる葉山がにっこり笑っていた。

「あ、帰ってきたんだ」

「そうなの、またよろしくね」

見た目の印象が少し変わった。以前はもっとメリハリのあるメイクだったが、今は柔らかい感じだ。

「それ、どうしたの」

葉山が松岡の顎を指差した。

「いいだろ。一回やってみたかったんだよね」

松岡は短く切りそろえた薄い顎髭をそっと撫でた。

「似合うことは似合うけど……」

微妙に言葉を濁す。

「髪も短くしたし、夏は野性味溢れる感じで行こうと思ってさ。取引先じゃ賛否両論なんだけど、いい具合に話のネタになるんだよ」

葉山は「私は前の方が好きかなあ」と呟いた後で、お茶当番だったらしく「三時の休憩、松岡君はコーヒーでいいわよね」と聞いてきた。何の気なしに「うん」と返事をした後で、最近胃の調子が悪くてコーヒーを避けていたことを思い出した。既にフロア内に葉山の姿はなく、松岡は廊下の隅にある給湯室まで追いかけていった。ポットのお湯を急須に入れていた葉山は、足音で気づいたのか声をかける前に振り返った。

「どうしたの？」

「コーヒーはパス。やっぱりお茶にしてもらえる」

葉山は「オッケー」と返事をした後、松岡の顔をじっと覗き込んだ。

「何だか顔色が悪いよ」

「え、そう？」

反射的に頬を押さえた。

「髭の方が気になって気づかなかったけど、痩せたでしょう。五、六月の契約取得件数が一番だって聞いたけど、少し働きすぎなんじゃないの？」

誰にでもそうしてきたように、松岡は曖昧に笑った。

「女の子の間では、松岡君は結婚が決まったんじゃないかって噂がたってるわよ。最近、仕事の仕方が半端じゃないから、きっとお金の必要なことがでたんじゃないかって」

松岡は肩を竦めた。

「そんな相手がいりゃいいんだけどね。俺は今、仕事に燃える男なんだよ。契約取るの、楽しくってさ」

葉山は急須を揺する手を止め、少し考え込むような素振りを見せた。

「じゃ付き合っている人もいないの？」

「そうなんだよ。俺みたいないい男を放っておくなんて、世の女の子はホント、見る目がないよ」

葉山は声をたてて笑った。

「事務でも、松岡君がいいって子はたくさんいるわよ。けど営業で外に出たまま帰ってこないから、話をするキッカケがないんだって」

自分に好意を寄せている子は何となくわかる。そういうオーラは敏感に察知する方だし、気のありそうな子に話しかけられても、適当にかわしてきた。誰かと付き合うとか、まだそんな気持ちには到底なれなかった。

「実はね、私の友達ですごくいい子がいるの」

恋愛の話にならないよう用心していたのに、いきなりの伏兵に松岡は内心「しまった」と思った。

「私よりも三つ下で、通販会社に勤めてるの。可愛くて性格もいいんだけど、すごくシャイな子で、今まで男の人と付き合ったことがないっていうのよ」

葉山が真剣な目で見つめてくる。

「松岡君、よかったらその子と会ってみない？」

今までの自分のノリだと、喜んで話に飛びついても不思議はなかった。それだけに、どうすればそつなく断れるのか、必死で考えた。

「すごく仲のいい子だから私も下手な男の人を紹介したくなかったの。けど松岡君ならいいなって前からずっと思ってたんだ」

「それってプレッシャーだなあ。俺って調子いいだけで割といい加減だし、それに……」

思いつく限りの欠点を並べ立てようとしたところで、断言された。

「松岡君は優しいよ。口では色々言うけど、根は真面目だし」

沈黙した松岡に、葉山が慌てて付け加えた。

「あ、でも嫌なら無理にってわけじゃないの。私が勝手に二人ならいいんじゃないかって思ってるだけで、その子には何の話もしてないし」

断るのが悪いような雰囲気が漂ってくる。

「会ってみるだけでもどうかな。いきなり付き合うのを前提にっていっても、あの子も抵抗あるかもしれないから、最初は何人か友達呼んで一緒にご飯食べたりとか」

二人きりじゃないなら、と妥協が胸を過ぎった。今は断りづらい状況だし、一度会えば義理は果たせる。後で「性格的に合わないみたいだから」と言って断るという手もある。

「せっかくだし、会ってみようかな」

松岡の呟きに、葉山が嬉しそうな顔をした。

「本当？」

「うん。その子に都合聞いて、いい日が決まったら連絡してよ。その日は残業しないように調整するからさ」

話も一区切りついたところで、松岡は給湯室を後にしデスクに戻った。思いがけず女の子を紹介されることになり、自らが招いた結果に憂鬱になったが、あれこれと考えているうちに、それほど深刻に受け取ることもないかと思うようになった。

ここ最近、誰かと一緒に食事をしたことはない。誘われなかったし、そういう気分にもなれなかったからだ。

ただひたすら頑張って仕事をした。無理をした分だけ、一秒でも早い忘却を期待していたのに、思い通りの効果は得られてない。

自然にあるがまま……少しずつ薄れていくのを待つしかないのかもしれない。女の子を紹介されるのも意図しない自然の流れの一つで、全然知らない赤の他人と話をすることは、気持ちの切り替えとまではいかなくても、気分転換になるかもしれなかった。

紹介したい女の子がいると話があったのは三日前で、葉山はすぐに女友達と連絡を取ったらしく、翌日には「金曜の夜、午後七時から」と早々に食事の予定を立ててきた。

当日、松岡は六時半に全ての仕事を終え、葉山と共に社を後にした。辺りは薄暗く、日差しがないだけ暑さはマシだったが、喉許を掻き毟りたくなるような湿気は健在で、早く冷たいビールの一杯でもひっかけたいと松岡は悶々とした。

待ち合わせの店は、会社から一駅離れた繁華街にあるイタリア料理店だった。壁には素焼きレンガを使い、庭園を彷彿させる洒落た内装で、若い女性連れやカップルが多かった。中は混雑していたが、葉山は予約していたらしく、待つことなく四人がけの席へと案内された。

辺りを見回し「まだ来てないみたい」と呟いて、葉山はフッと息をついた。松岡と目が合うと「それ、どうしたの」と楕円形をした小振りの眼鏡を指差した。

「ダテなんだよ。髭があると妙に顔のバランスが取れなくてさ」

松岡は眼鏡を少し浮かせた。

「ある方がかっこよくない？」

葉山は「うーん」と眉間に皺を寄せた。

「松岡君、綺麗な顔してるから何しても似合うけど、私のイメージとは違うなあ」

「ちょっと狙いすぎ？」

軽口に葉山は声をたてて笑った。話をしている間に、黒服のウエイターが「お連れ様がお見えです」と髪の長い女の子を席に案内してきた。黒のカットソーにジーンズとラフな服装で、右肩に帆布のバッグをかけている。男と会うと前もって知らされているにもかかわらずこの服装だとしたら、随分と気取りのない子か、単に無頓着なだけか……。

「忙しくて、仕事場からそのまま来たの。着替えに帰る時間もなくて……すみません」

松岡はプレッシャーにならない程度に顔をチラチラ見たが、その子は松岡と目も合わさず、葉山にだけ話しかけた。

「気にしなくていいよ。それじゃあ紹介するね。向かいにいるのが同じ部署で営業の松岡洋介さん」

ようやくこちらを見た視線に、松岡は得意先専用の大盤振る舞いの笑顔でニコリと笑った。

「こんにちは、松岡です」

女の子は松岡を見ず、目を伏せたまま、小さく頭を下げた。

「この子は私の大学の後輩で藤本眞子《ふじもとまこ》さん」

「……こんにちは」

震える声と、ようやく自分を見た黒目がちの瞳。可愛い顔立ちをしているのに、緊張しているのか頬は変に強張っている。愛想程度にも笑えないとなると、こりゃかなり手強いかも……と内心思う。藤本は葉山の横に座ろうとしていたけれど「眞子は向こうね」とやんわり窘められて、松岡の隣に腰掛けた。

携帯電話の着信音に、葉山が「ちょっとごめんね」と話をしながら席を外した。二人きりになった途端、藤本は全身からピリピリとしたオーラをみなぎらせた。

「ひょっとして緊張してる？」

声をかけると、まっすぐ前を向いたまま首を横に振った。これほど男慣れしてない女の子と接するのも初めてだったし、強がっているのが妙に痛々しくて、逆に興味が湧いた。

「俺ね、この間失恋したんだよ」

こちらを向いた視線を捕らえた。松岡は苦笑いする。

「だからどうってこともないんだけど、俺のことは気にしないで楽しんでよ。人が楽しそうなのとか嬉しそうなのを見てると、こっちも元気が出てくるからさ」

吸い込まれそうに大きな目が、不思議そうにじっと見つめてくる。次第に何ともいえず決まりが悪くなり、不自然にならないよう視線を外し「葉山、遅いね」と相手の注意を逸らした。

「飲み物でも選んでようか。どれがいい？」

メニューを開けたところで葉山が戻ってきて「もうはじめてようか」と言いながら、席に腰掛けた。注文を済ませた後も、葉山はしきりにレストランの入り口を気にして落ち着かない。

「あと誰が来るの？」

そう聞いた松岡に、葉山はレストランの入り口をチラチラと窺いながら「それが……」と言いかけ、不意に「あっ」と小さく叫んだ。一瞬にして笑顔に変わる。

「来た」

ウエイターに案内されてこちらにやってくる男を見て、松岡は驚きのあまり息を呑んだ。両目が瞬きを忘れ、その姿を凝視する。

「寛末さん、こっち」

葉山が手を上げ、男を呼ぶ。どうして寛末がここに来たのか……どうして、どうしてと疑問符が頭の中を駆け巡る。近づいてくる姿に、心臓が痛いほど高鳴る。テーブルの上で握り締めた両手が細かく震え出し、最悪の終わり方など綺麗サッパリ忘れて、自分に会いに来てくれたんじゃないかと期待した。

寛末は松岡をチラリと見たものの、軽く他人行儀な会釈をしただけだった。

「遅れてごめん。道が込んでいて……」

「仕事、忙しかったんでしょう。急に呼び出したりしてごめんね。座って」

寛末は葉山の隣に腰掛け、手にしていた通勤鞄を足許に置いた。

「眞子は初対面だったわよね。彼は寛末基文さん。私が小石川の研究所に出向していた時にお世話になった人なの」

葉山に紹介され、寛末は「こんにちは」と藤本に笑いかけた。

「彼女は藤本眞子さん。私の大学時代の後輩なの。隣にいるのは同じ会社で営業の松岡洋介君」

「えっ」

上ずった声を上げ、寛末は目を見開いた。

「寛末さん、松岡君のこと知ってるの？」

あ……うん……いいや、その……とはっきりしない返答に、葉山は首を傾げている。寛末はもう自分を見ようとはしない。視線は露骨なほど避けられている。俯き加減の額に「困った」と書いてあるのが見えるようで、失笑しそうになった。

「どうも、お久しぶりです」

男を睨むように見つめ、一言一言区切るようにゆっくりと喋った。葉山に紹介されるまで、松岡洋介だと気づかなかった。もう寛末が会いに来てくれたなんて思わない。思えるはずもなかった。

「寛末さんは前に本社の総務にいたんだよ。仲のいい奴が総務にいるから、その関係でちょっとね。前に一回、葉山に電話取り次いでもらったことあっただろ」

「え、そうだっけ？」

葉山は首を傾げる。松岡はテーブルの下で神経質に爪の先を擦り合わせながら、さり気なさを装って聞いた。

「ひょっとして葉山、寛末さんと付き合ってるの？」

松岡の問いかけに、葉山は照れたように頬を赤らめた。

「まあ、そういうことかな」

目の前が真っ暗になった。実際、そんなことがあるはずもないのに、急に周囲の景色の色が消えたような気がした。

「へえ、そうなんだ」

尻すぼみに小さくなる呟き。目の前で、葉山は隣に座る男の肩に手を置いた。寛末は慌てて顔を上げ、一瞬松岡を見たものの、すぐに視線を逸らした。

ほどなくビールが運ばれてきて、四人で乾杯する。松岡は顔の筋肉を総動員して楽しそうに笑い「乾杯」とグラスを合わせた。一口だけ飲んで、すぐさまグラスをテーブルに置く。右手が勝手に震えて、零してしまいそうで持っていられなかった。料理を選んだのは女性陣で、松岡は「これなんてどう？」と聞かれるたびに「いいんじゃない」とよく考えもせずに返事をした。注文を終えると、葉山は藤本と話しはじめた。寛末は口下手で話を振っても上手く次に繋げられず、松岡は喋りたくないから会話が続かないような喋り方をした。そっけない男たちをよそに、女性陣は洋服の話で盛り上がった。松岡は目の前で俯き、空になったビールのグラスを所在なさげに握ったり離したりしている男の手許をじっと見ていた。

料理が運ばれてくると、正直安堵した。食べている振りをしていれば、黙っていても不自然に思われない。運ばれてきた料理の鮮やかな彩りに感嘆する声に合わせて、自分も「美味しそうだなあ」と呟き皿に取り分けてみるものの、フォークで皿をかき混ぜるだけ。ほとんど口にしなかった。

「松岡君」

名前を呼ばれ、慌てて葉山を見た。

「大丈夫？　あまり食べてないみたいだけど」

「そんなことないよ。横に可愛い子がいるから、緊張してさ」

軽口をたたきながら松岡は「これ、美味そう」と、食べたくもないマリネを皿に取った。

「この店、雰囲気いいよね。どうやって知ったの？」

「会社の後輩の子に、いいお店があるって教えてもらったの」

「それって斉藤《さいとう》だろ」

葉山は驚いたように目を丸くした。

「松岡君、どうしてわかったの？」

「あいつ、食い意地張ってそうだから」

「ひどーい」と言うくせに、葉山は笑っていた。

「斉藤さんてね、私の後輩の子なの。ちょっとふっくらした子なんだけど、食べ歩きが大好きらしくて、お店とかもすごく詳しいの」

内輪の話がわからない寛末に、葉山は丁寧に説明していた。二人が隣り合って話をする姿に、わけのわからない苛立ちが込み上げてくる。二人を見ていたくない、同じ場所にいるのも嫌だ。そんな感情が一気に噴き上げ、席を立ちかけたその時だった。

「葉山さんと寛末さんて、付き合いはじめてどれぐらいなんですか？」

藤本が葉山に問いかける。その声で沸騰した頭が我に返った。

「一ヵ月ぐらいかな」

……一ヵ月前といえば、狂ったように契約を取りまくっていた頃だ。自分が忘れたい、忘れたいと足掻《あが》いていた時期に、寛末はサッサと新しい相手を見つけていたというわけだ。

「出向してた時、仕事に慣れなくてすごく落ち込んでたことがあったの。その時、慰めてくれたのが寛末さんで、それからいいなって思うようになって……ねっ」

葉山が寛末を見上げて同意を求める。と、男も「うん」と小さく返事をした。

「無口な人だけど、気にしないでね」

立ち上がったら、椅子が思いのほか大きな音をたてた。三人の視線が集中する。

「ちょっと手洗いに行ってくる」

席を外し、店の奥にあるレストルームへ入る。個室にこもり、内側から鍵をかけると同時に、松岡は壁を背にズルズルと座り込んだ。

泣きたいのに、涙も出てこない。真っ暗な穴の中にいるような感じがする。あんな野郎、と胸の中で呟いた。人がいいのは見かけだけで、弱くて、冷たくて……。だけど嫌いになれなかったから、今ここにこんな惨めな自分がいる。

五分、十分……しばらくジッとしてから、松岡はノソリと立ち上がった。飲みすぎたでも食べすぎたでも理由は何でもいい。帰る。もうあそこに座っていたくない。

個室を出ると、鏡の前に人がいた。それがついさっきまで嫌いになりたいと思っていた男だとわかった途端、松岡は息を呑んだ。寛末はこちらを見ていたが、見ているだけで何も言わない。長い、息詰まるような沈黙の後で、ようやく男の唇が動いた。

「知らない人かと思った」

店で最初に見た時の印象だろうか。松岡は口許だけで笑った。度の入っていない眼鏡を軽く押し上げる。

「君が葉山さんと知り合いだなんて思わなかった」

寛末がぽつりと呟く。松岡は俯いて目を閉じた。奥歯を強く噛み締めた後で、頭を上げる。自分の顔の上から、全ての表情が消えていればいいと思いながら。

「俺が本社の営業なのも、葉山が同じ部署から小石川に行ったのも知ってたんだろ。知り合いかもしれないって、想像もしなかった？」

「本社の話はあまり……」

言い訳を、松岡は鼻先で笑った。

「興味はなかったかもしれないけどさ、こういう状況を避けたかったら、少しぐらい予防線を張ったらどうなんだよ」

目の前の頭が、じわりと垂れる。

「俺らはもう関係ないけど、こういう状況で鉢合わせするのって、気分のいいもんじゃないだろ」

「それは」

ため息が震えた。大きく息を吸い込む。

「少しは考えろよ」

吐き捨て、出ていこうとしたところで「僕のせいなんですか」と追いかけてきた声に引き留められた。

「彼女の交友関係を知らなくて、君と鉢合わせしたのは僕だけのせいなんですか？今日だって同僚との飲み会があるから来てほしいと急に呼び出された。同僚だというから、相手は女の子だとばかり思っていた」

怒りの片鱗が見える。語気の強い口調。感情的になったら、嫌な感じの言い争いになりそうだった。

「言いたいことはわかるけどさ、俺より寛末さんの方が情報量が多かったのは確かだろ。葉山が男と付き合ってるのも、相手が寛末さんだっていうのも目の前に座られるまで俺は知らなかったよ」

松岡は髪の中に右手を突っ込み、掻き回した。

「もうどうでもいっか、そんなこと。今晩限りだし。色々あったけど、お互い綺麗にリセットってことで。俺も今日は隣の藤本さんて子を紹介してもらったし。ああ、それから葉山だけど、けっこういいと思うよ。気が利くし優しいしさ」

上手く話を進められたような気がした。自分が気まずかったのは予備知識がないことに驚いただけで、寛末本人には未練などないという風に。

「ドライですね」

我が耳を疑った。発せられた言葉は、それ以上の渇きを持って松岡の胸に突き刺さった。人が忘れよう忘れようと足掻いていた時期にサッサと恋人をつくった寛末に、そんなことを言われる筋合いはなかった。

「いつまでも引きずる方がおかしいんじゃないの？　それとも何、俺はまだ寛末さんのことを好きじゃないといけないってわけ？」

嘘でも「そうだ」と言わないかと思ったけれど、男は黙り込んだままだった。貝になった男を残して、松岡はレストルームを出た。

「ま、待って」

レストランのホールに戻る細い通路で、腕を摑まれた。力と熱、触れられているという事実に、松岡は激しく動揺した。

「彼女に、今までのことは……」

興奮も熱も一気に冷めた。寛末が自分を追いかけてきたのは、全てこの一言を言うためだったんだと理解する。

「言うわけないだろっ」

乱暴に言い放って男を振り払い、席に戻った。

「遅かったね。寛末さんに会わなかった？」

葉山の声を無視する。だけどすぐさま悪いような気持ちに襲われて、返事をした。

「通路のところですれ違ったよ」

無視しようとした気まずさの埋め合わせをするように、笑顔をそえる。葉山本人は、松岡の返事が遅かったことも、その微妙な感情にも気づいてはいないようだった。

何にも知らないんだよな……そう思いながら、松岡は藤本と楽しそうに話をしている葉山の顔を凝視した。いっそ全てぶちまけてやろうか。腹の底で醜い感情が渦巻く。葉山はどんな顔をするだろうか。酔っていたとはいえ、男を抱ける寛末に幻滅するだろうか。それとも男相手に本気の恋愛をしていた自分のことを軽蔑するだろうか。

「私の顔に何かついてる？」

葉山が首を傾げ、松岡は「別に」と視線を逸らした。自分がどんな目で葉山を見ているのか、想像するのも嫌だ。恨みとか、妬みとか、そういう感情は持ちたくないと思っても、ふつふつと湧いてくる。

ガタリと向かいで椅子を引く音がする。寛末が戻ってきた。二人が並んで座っているのを目にするだけで胸が痛い。選ばれた者と、選ばれなかった者の完璧な構図。今だけのことだから、ここさえやり過ごしたら……そう自分に言い聞かせ、目の前の事実から少しでも気持ちを逸らせようと、松岡は隣の藤本に話しかけた。

「藤本さんは、休みの日とか何してるの？」

驚いたようにビクリと肩を震わせ、藤本は「掃除したり、お買い物行ったり……」と小さな声で返事をした。

「遊びに行ったりしないの？」

「あまり」

消極的な藤本の態度に業を煮やしたのか、葉山が話に割り込んできた。

「水族館が好きなんでしょ。ほら、イルカが可愛いって言ってたじゃない」

「あ、そうなんだ。今度一緒に行く?」

藤本は急に黙りこむ。YESでもNOでもいいから返事が欲しい。沈黙は一番始末が悪い。それだけで場が白々しくなるからだ。松岡はこの会話の結末をどうつけたものかと苦笑いした。

「あ、無理にってわけじゃないからね」

無難にやり過ごそうとすると、藤本が不安そうな顔で見上げてきた。

「二人きりでですか?」

それを聞いた葉山が「じゃこの四人で行こうか。ねっ」とみんなに提案した。四人と聞いて松岡は内心、ギョッとした。

「あ、でも」

チラリと寛末に視線を送る。それには葉山を止めてほしいという意図があったが、男は眉間に皺を寄せた難しい表情で俯くだけで、掩護射撃をしてくれそうな気配はなかった。

「でもさ、四人の都合の合う日を決めるのって難しくない?」

そう切り出すと、葉山は「でも、みんな土日が休みでしょう」とあっさり返された。

「四人ならいいのよね？」

葉山に押しきられるような形で、藤本はコクリと頷いた。四人で行くと決めたはいいもののそれから話題が変わり、結局いつ行くという具体的な話にはならなかった。

「もう帰るから」と松岡は何度も切り出そうとしては、思い留まった。自分がいなくなったら藤本に失礼になる。ここにいるのをあと少し我慢さえすれば……と悶々としているうちに時間が過ぎ、店を出る時刻になった。

一人だけ帰りの電車が逆方向の藤本を、地下鉄の駅まで送る。その後ろ姿が見えなくなってから、葉山は松岡に向き直り、両手を合わせて「ごめんね」と謝ってきた。

「あの子、そっけなかったでしょう。性格はいいんだけど……」

「俺は気にしてないよ。嫌いなタイプでもないし」

松岡は呟き、肩を竦めた。

駅前の通りは、夜にもかかわらず人通りが多い。時計を見ると、午後九時を過ぎている。「そろそろ……」と言いながら顔を上げると、葉山が小声で何か寛末に話しかけていた。細い指先が、寛末のスーツの袖口を摑む。

「俺、帰るから」

葉山が「えっ」と声を上げた。

「まだ早いよ。どっか別のお店に行かない」

「邪魔しちゃ悪いからさ。今日はありがとうな。じゃまた月曜日に」

軽く右手を振って、二人に背を向けた。不自然にならない程度の早足で歩く。そしていつも使っている路線の駅のホームに入った。

電車が出たばかりで、ホームは閑散としていた。次が来るまでに少し時間があったので、ベンチに腰掛ける。前を向いていたはずの顔が徐々に俯いて、終いには靴の先を眺めた。

葉山の誘いに乗らなければよかったと、後悔なら百万回ぐらいした。別れ際、寛末の上着の袖口を摑んでいた指先を思い出す。五ヵ月前、あそこの位置にいたのは自分だった。頬に触れて、首筋に腕を回して、不器用な男が強く自分を抱き締めてくるのを待っていたのは、自分のはずだった。

男だとばらさなければ、今でもあの位置にいられたんだろうか。だけどいつまでも隠し通せるものでもなかったし、騙している期間が長ければ長いだけ、互いの傷口が深くなったような気がした。

葉山はどれぐらい寛末のことを好きなんだろうと思った。どれだけ好きだとしても、負けない自信がある。どんなに自分の方が好きだと、気持ちは勝っていると自己主張したところで、選ぶのは寛末。自分じゃ駄目だった。

それじゃあ寛末は？　江藤葉子以上に葉山のことを好きなんだろうか。……それほどでもない気がしたけれど、結局はそうであってほしいという自分の願望かもしれなかった。

腹の底から何かが込み上げてきて、涙腺が熱くなった。選んでもらえなかったことも、拒絶も、納得している。それなのにどうして追い討ちをかけるように、新しい恋人の存在まで自分は知らなくてはいけなかったんだろう。

涙で濡れる眼鏡を外した。両手で顔を覆う。朝、鏡で自分の顔を見るのが憂鬱だった。どうやったって、鏡の中には江藤葉子の片鱗がある。だから……髪を短くして髭を伸ばし眼鏡をかけた。できる限り顔の印象を変えて、江藤葉子を、寛末を思い出さないようにした。

泣きながら笑った。それはある程度、成功したといってよかったんじゃないだろうか。三ヵ月ぶりに会った男は最初、自分だと気づかなかったのだから。

電車がホームに入ってきて、轟音の余韻を残しながら遠くなっていく。何本も何本もやり過ごすうちに、頬の涙も乾いてくる。それでも松岡は長い間、ベンチから立ち上がることができなかった。

四人で食事をした後から、松岡は葉山と極力関わらないようにした。寛末と付き合っていると知ってしまったからには、今までのように「気の合う友人」として見ていくのは無理だった。声を聞くだけ、笑っている顔を見ているだけで、自分が卑屈になっていく。嫉妬という惨めな感情と真正面から向かい合うのは、想像以上にきつかった。

以前に輪をかけて、社内にいることが少なくなった。朝のミーティングに顔を出したきり、一度も社に戻らないことも頻繁だった。一日中外を歩き回るので日に焼けたし、汗をかくので何度もスーツをクリーニングに出していたら、スラックスが一本、早々に駄目になった。

七月の最終日、私服の中学生だか高校生で混雑しているファーストフード店で遅い昼食をとっていると、携帯電話に上司から連絡が入った。話があるから終業までに一度社に戻ってくるようにと言われ、セットメニューをかき込むようにして食事を終わらせると、午後から予定していた得意先を急いで回った。

午後四時、急ぎすぎて些《いささ》かバテ気味で社に戻ると、早速上司に呼びつけられた。機嫌がよかったから、悪い話じゃないだろうと思っていたら案の定、昇進の打診だった。ここ数ヵ月とそれまでの実績が認められて、営業の総合主任になることが今日の会議で決定したと言われ、正式な発表は来週ということで、それまでは黙っているようにと口止めされた。

自分の力を認めてもらえたのは正直、嬉しかった。ここ数日、気分が沈みがちだったから余計にそう感じた。

デスクに戻り、椅子に腰掛けると同時に「お疲れ様」と声をかけられた。全身にピリッと緊張が走る。振り返り、意識的に笑顔をつくりながら「おう」と言葉を返した。

「係長と何を話してたの？」

声を潜め「ヒ・ミ・ツ」と肩を竦めると、葉山は「怪しい」と笑った。

「そういえば松岡君、来週の水曜日って夜、空いてる？」

四人で出かけるという話が頭を過ぎり「どうして？」と問い返す。

「石井《いしい》さんの送別会なの。彼、新しくできた営業所に配属されることになったでしょ。松岡君は参加できるかなと思って。私、幹事なのよ」

あーね、と呟き、松岡は外回り用のアタッシュケースから手帳を取り出した。

「行けると思うよ。接待の予定もないし、今そんなに忙しくもないしさ」

よかった、と葉山は手にしていたメモに印をつけた。ついでみたいに、松岡の手帳をひょいと覗き込む。

「かなーり予定が詰まってるわね」

「まぁね。俺、人気者だからさ」

茶化してくれるかと思ったのに、葉山は「ふうん」と相槌を打つだけだったので、松岡は変に決まり悪くなった。

「あ、土日は予定ナシなのね」

「おいおい、休みの日も仕事してたら俺ぶっ倒れるよ」

苦笑いしていると、葉山が今週の土曜日をスッと指差した。

「じゃあこの日、前にご飯を食べた四人で水族館に行かない」

思いも寄らぬところからあの話になる。断る理由が思い浮かばない。

「あーっと、その日は……」

言葉を濁していると、顔を覗き込まれた。

「都合悪いの？　でも予定はないのよね」

「まあ、そうだけど」

乗り気でない松岡の雰囲気を察したのか、葉山は複雑な表情をした。

「この前、眞子と話をしたのよ。あの子も松岡君のことが気になってるみたいなんだけど、上手く話せなかったって落ち込んでたの。その気がないなら無理にとは言えないけど、もしよかったらまた会ってやってくれないかしら」

愛想はなかったが、嫌だとは思わなかった。だけど自分から積極的に連絡を取ろうとする気持ちがないというのも本音だった。葉山は、自分が寛末を好きだったとは知らない。知らないけれど、友達を勧めるという今の状況は、さっさと誰かをあてがって、厄介払いしてるんじゃないかという卑屈な感情を松岡の中に引き連れてくる。

ガリッと頭を強く掻いた。こういう自分は嫌だ。自己嫌悪する。

「藤本さんと会うのはオッケーだけど、今度は二人がいいな」

寛末の姿がぼんやりと脳裏を過ぎる。

「ほんと？　二人ならいいの」

松岡は「ああ」と返事をした。葉山は安心したようにホッと息をついた。

「二人で会いたいって言ってたって、眞子に話しておくわね。松岡君、もう絶対に今週の土曜日、予定を入れないでね」

葉山は「土曜日、空けておいてね」と何度も念を押していった。二人でならと了承したものの、気持ちは複雑だった。正直、乗り気じゃない。こんな状況で会ってはいけない気がしたけれど、付き合うと決めたわけじゃないから、と自分に言い訳した。それに何度か会ううちに、本当に好きになるかもしれない。彼女は寛末を好きになる前、同棲していた彼女に少し似ている。寛末が江藤葉子を忘れ、気持ちを切り替えたように、自分もほかに目を向けるキッカケが必要なのは確かだった。

朝起きて、最初にデジタルのカレンダーを見た。八月二日。字面を見ているだけで、額に汗が浮かんでくる。満員の通勤電車に揺られた上、前に立っていた中年サラリーマンの生魚のような体臭が鼻につき、不快感を引き連れたまま出社する。デスクに鞄を置くなり葉山が近づいてきて、挨拶も早々に「土曜日の午前十時、島津《しまづ》の駅前で待ち合わせでいいかしら」と聞いてきた。手取り足取りお膳立てしてもらわなくても、藤本の電話番号を教えてもらえたら自分で連絡を取ったが、気を使ってくれたんだろうと思い、敢えて口にはしなかった。

それが木曜日の話で、水族館を翌日に控えた金曜日の夜になって、葉山から電話がかかってきた。内容は『やっぱり明日、私も一緒に行っていいかしら』というものだった。

切り出すのも申し訳ない、そんな口調で葉山は喋った。

『最初は二人で会うって言ってたんだけど、今日になって急に「二人はちょっと」って駄々をこねだしたの』

苦笑いした。一度顔を合わせて話もしているのに、それでも二人で会えないというのは、人見知りにも程がある。

『私も「そんなの駄目よ。松岡君に失礼じゃない」って叱ったんだけど、どうしても無理だって言うの。だからごめんなさい。今回だけ私ってオマケがついていくのを許して。もし途中で眞子が大丈夫そうだったら帰るから』

結局、保護者付きをOKした。橋渡しをしている葉山が双方に気を使っているのが目に見えるようで、気の毒だったからだ。

翌日、松岡は約束の十分前に待ち合わせの駅前に着いた。車で来ていたが、駅前は一般車両が駐車禁止だったので、短時間だけどなと思いつつ、駐車場に入れた。空は青く、日差しは刺すようにきつい。自動販売機の前の日陰に入り、眼鏡を外して曇りを拭う。仕事中にダテ眼鏡はしない。今日はデートだからと思い、前回に引き続きカッコをつけてみた。期待もしていない、半ば義務的なデートで、気合を入れてどうすると自分自身に突っ込んでは一人笑う。

約束の時間を五分過ぎた頃、藤本が葉山に付き添われるようにして姿を現した。前回はジーンズだったが、今回は襟ぐりが大きく開き、シャーリングになったカットソーと、膝下までのスカートを着ている。化粧もきっちり施されて、女性らしさが引き立っていた。いっぽう葉山も、紺色のワンピースとシンプルでかわいい服を着ていた。

「こんにちは。この前はどうも」と俯き加減の藤本に声をかけると、消え入るような声で「こんにちは」と返ってきた。

「今から車を回してくるから、ここで待っててくれる?」

言い残し、駐車場に行きかけると「あ、ちょっと」と葉山に引き留められた。

「もう一人来るから」

嫌な予感がして「誰?」と問い返す。すると返事を待つまでもなく「あの」と背後から声が聞こえてきた。

「遅れてすみません。電車を一駅、乗り過ごしてしまって……」

振り返った先に立っていたのは、寛末。褪せたシャツに、同じようにくたびれた綿パンツ。前からでもわかる後頭部の寝癖は、ピンと立って角《つの》みたいに見えた。

「三人も四人も一緒かなって思って、寛末さんも呼んだの」

葉山の言葉を背中に、松岡は寛末をきつく睨んだ。睨まれた男は、ぎこちなく視線を逸らす。言いたいことは山のようにあったが、今ここで口にできるはずもなかった。

グッと下唇を噛んだ。寛末が来ると知っていたら、親が倒れたと嘘をついてでも来なかった。絶対に来なかった。

「松岡君？」

葉山の声で、我に返る。

「じゃ、車取ってくるから」

足早に歩いた。駐車場から車を出し、三人の待つ駅前に車を止める寸前まで、松岡はこのまま帰ってしまおうかと半ば本気で考えていた。

一応はデートと名のつくものだし、普通は男女が並びで座るものだと思うが、助手席に陣取ったのはなぜか寛末だった。

隣だと緊張して喋れなくなりそうだから……と藤本が言い出して、結局、女性二人が後部座席に座ることになった。

初対面ではないし、葉山も松岡も気を使うので、それなりに話は弾んだ。ただ寛末は葉山から話題を振られない限り、話に参加してこなかった。最初は自分がいるから喋る気がおこらないのかと思っていたけれど、絶対に前を見ない俯き加減の強張った表情に、昔、車で事故を起こして以降、車の運転ができなくなったと話していたことを思い出した。松岡の推測を裏付けるように、高速道路に上がった途端、寛末の顔は白を通り越して青くなった。

「ちょっと休んでいい？」

松岡は高速に上がってすぐのパーキングエリアに車を止めた。葉山と藤本は連れ立って手洗いに行き、寛末は転がるように車から飛び降りると、木陰にあるベンチにぐったりと腰掛けた。

頭の上でジリジリ蝉の鳴く男の傍に近づく。寛末はゆっくりと顔を上げた。

「どうして断らなかったんだよ」

責めても、寛末は無言だった。

「葉山に誘われた時、俺が来るって聞いてたんだろ。この前も言ったよな。気まずいことになるのを避けたかったら、少しは考えろって」

震えるような指先を、寛末は口許で合わせた。

「二人で出かけるのも、それに葉山さんがついていくことになったのも話は聞いていた。だけど今朝になって急に、僕にも一緒に来てほしいと電話があった。僕が行けば二手に別れて行動しやすいから、気兼ねなく君と藤本さんを二人きりにしてあげられるからって……」

話を聞かなければよかったと思った。そうすれば、うなだれる男を無神経な奴だと決めつけたままでいられた。

「お願いと言われて、断れなかった」

俯く男を残して、松岡は車に戻った。ハンドルにもたれかかり、目を閉じる。寛末なりに、自分が藤本と上手くいくようにと考えて来たのだとしても、そんな気遣いは無用だった。こっちは虚しいだけだし、優しさとも何ともつかない中途半端なものは持て余す。

しばらくすると、葉山と藤本が戻ってきた。運転席にいる松岡に「どうぞ」と藤本が缶コーヒーを差し出してきた。

「ありがとう。ちょうど喉が渇いてたんだ」

礼を言って受け取ったが、口は開けなかった。胃の調子が悪くて、コーヒーはずっと飲んでなかった。それからすぐ寛末も戻ってきたが、相変わらず顔色は悪いままだ。葉山から缶コーヒーをもらって、笑ってはいたけれど。

「もうすぐ出るけどさ、今度は藤本さんが前に乗りなよ」

後部座席に座っていた藤本が、驚いたように目を大きく開けた。

「後ろと前じゃ喋りづらいしさ。それに寛末さんも葉山と話があるみたいだし」

寛末は何か言いたげに口許を半開きにしていたが、言葉はなかった。

「隣においでよ」

藤本は助けを求めるように葉山を見ていたが、「そうしなよ」とけしかけるだけで、葉山は助け舟を出さなかった。

藤本は松岡の強い希望で隣に座る形になった。こういうタイプの子は、喋りすぎてもかえって逆効果なんだろうなと思い、沈黙を意識しない程度に間をおいて声をかけた。

何度かバックミラーで寛末の様子を窺うと、助手席に座っている時よりは幾分、顔色がマシになっているようだった。

高速に上がって一時間ほどで、海辺の小さなショッピングモールに隣接した水族館に着いた。まずは四人で館内を回り、途中で予《あらかじ》め計画されていたように、葉山と寛末の二人とはぐれた。捜そうと言う藤本を「二人にしておいてあげた方が親切だよ。いざとなったら携帯で連絡が取れるし」と宥《なだ》めて、そのまま回った。水族館の出口には案の定、葉山と寛末がいて「ごめんね、途中で迷っちゃって」と下手な嘘をついた。

一通り見て回ると、十二時を回った。藤本が一番見たがっていたイルカのショーは午後の部が一時半からだったので、それまでに昼食をすませようという話になった。ショッピングモールに出ると、いくつかレストランがあった。葉山が外観もお洒落なイタリアン風の店の前で足を止める。

「ここなんてどうかな？」

松岡は腹さえ膨れればどこでもよかった。寛末は「ああ、うん」と言うものの、表情は浮かない。そういえば洋食より和食が好みだもんな、葉山は知らないのかな、とふと思う。寛末は強く自己主張することもなく、その店に決まりそうな雰囲気が漂ってくる。

「あー、やっぱごめん。俺ちょっとご飯ものが食べたいかな」

松岡がそう言うと、葉山はあっさりと「じゃ和食にする？」と隣にあった丼物屋を指差した。ほかにどこがいいという主張もなかったので丼物屋に決まり、揃って店に入った。

四人がけの席で、男女が隣り合わせに座る。藤本は未だに松岡と喋ることに抵抗があるのか言葉少なだったが、話がイルカ関係に及ぶと急に饒舌になるというのは、新たな発見だった。

「改めて言うのも何だけど、松岡君てかっこいいよね」

会話が途切れた沈黙の狭間に、ぽつりと葉山が呟いた。

「何だよ、突然」

松岡は肩を竦め、笑った。

「前からわかってたんだけど、駅で待ち合わせた時に改めて感じたの。どうして黒いTシャツとジーンズだけで、こんなにサマになるのかなって。その指輪とネックレス、クロム……何とかってブランドの？」

「違う、違う。あんな高いの買わないって。これは駅前の露店の。髪型変えたから、今度はこういうタイプも似合うかなと思ってさ」

チラリと寛末を見ると、俯き加減にぼんやりしていて、話を聞いている風ではなかった。松岡は何かにつけ向かいの男が気になるが、男の方はそうでもない。ただ一貫して感じるのは、寛末が楽しそうじゃないということだ。それが自分のせいかと思うと、気持ちが一気に沈んだ。

外を歩いていても、寛末は葉山と寄り添っても手は繋がない。自分と歩いていた時は、嬉しがって繋いでいた。意味のない優越感に浸った後で、手を繋がないことも自分に対する気遣いかと思い至ると、また惨めになった。

午後からはじまったイルカショーは、目をきらきらさせて夢中の藤本をよそに、松岡はほとんど見ていなかった。ショーの行われるプール周囲の席は家族連れで混雑していて、四人が一緒に座れるほどの空間はなく、二人ずつ別れて座った。自分たちの一つ前の席に葉山と寛末は腰掛けた。イルカよりも、松岡は寝癖が残る野暮ったい後ろ髪ばかりを見つめていた。

ショーを見終わった後は、水族館の中のショップを見て回った。松岡は藤本と店内を回り、イルカの携帯ストラップを買ってやった。藤本は酷く恐縮して、それぐらいの気遣いは当然だと思っていた松岡を少し戸惑わせた。

買い物を終えて別行動の二人を捜すと、まだグッズを見て回っていた。葉山はイルカのボールペンを手にしたまま迷っていたが、結局「子供っぽいよね」と自分に言い聞かせるようにして買うのをやめた。寛末が買ってやればいいのにと思ったが、隣に立つ男にそんな気配は微塵もなかった。

帰る間際になって、松岡は「ちょっと」と車の中で三人を待たせ、こっそりと店内に戻り葉山が欲しがっていたボールペンを買った。

帰りは助手席に藤本が座った。慣れてきたのか、ようやくイルカ以外の話もぽつぽつとするようになる。時折相槌を打ちながら話を聞いているうちに、随分と後ろが静かになっていることに気がついた。バックミラーを覗く。葉山が寛末の肩口にもたれかかり、目を閉じていた。

心臓をギュッと絞り上げられたような感触。指先まで「痛い」感覚が走る。胸の中が震え、それまで辛うじて何とか保っていた均衡が、足許から崩れていくような気がした。

「ちょっと」

不自然に大きな声が出た。

「ちょっと、休んでいってていい？」

声をかけ、次のパーキングエリアに入る。車を止めると同時に「大丈夫ですか？」と藤本が聞いてきた。「あぁ、うん」とおざなりな返事を残して外へ出る。

店の中にある休憩所の椅子に座り、自動販売機で買ったお茶を飲みながら「最悪」

と呟いた。振られてしまったのは仕方がない。過去は清算され、今は互いに新しい相手を見つけて、表向きはそれでめでたしめでたしのはずなのに、形ばかりで自分の気持ちがついていかない。

二人でいるのを見ても平気だと自分に言い聞かせても、不意打ちで簡単に崩れる。見るも無惨なほどに。

「松岡さん」

ゆっくりと顔を上げる。目の前に寛末が立っていた。傍に葉山はいない。

「疲れてるんじゃないですか？　ずっと一人で運転させてすみません。僕はその……」

「人、撥《は》ね飛ばしてから運転できないんだろ。そんなの知ってるよ」

寛末の表情が一瞬にして強張る。きついことを口にしてしまったとすぐさま後悔し「悪い」と謝った。寛末は「いえ」と呟く。

「運転できないことはないと思うんです。だけど急に高速は無理だと思うので」

「いいよ。それほど疲れてるわけじゃない。運転するのは嫌いじゃないし」

寛末の背後から、葉山が近づいてくるのが見えた。

「大丈夫？　気分が悪いみたいって眞子が言ってたけど」

松岡は笑顔を作ってみせたが、上手く笑えているかどうか自信はなかった。

「平気、平気。ちょっと喉が渇いてただけだからさ」

葉山は心配そうな表情のまま、隣の寛末を見上げた。

「ねえ、寛末さんって免許、持ってるのよね。もしよかったら松岡君と運転を代わってあげてくれないかしら。私も眞子もペーパードライバーなのよ」

寛末は目を伏せ「その」と口ごもった。

「あー、いいの、いいの。俺、自分の車を人に運転されるのって嫌なんだよね。落ち着かないっていうかさ」

でも、と葉山が呟く。

「そういえば藤本さんが一人なんじゃないの。あと十分ぐらいしたら出ようと思ってるから、先に車に行っててよ」

藤本の名前を出したことで、葉山はその存在を思い出したらしく「じゃあ」と言って、車に戻っていった。

「寛末さんも車に戻ったら？」

促しても、男は動かなかった。

「だけど」

「気分悪い時、人にまで気を使いたくないんだ。しばらく一人にしといてもらえる」

そこまで言ってようやく、寛末は傍を離れていった。

パーキングエリアを出た後は、松岡を気遣ってかみんな言葉少なだった。そんな空気が重苦しくて、松岡は自分から積極的に話題を振った。後部座席の二人を見ていたくないとか、虚しいという感情を自分の中で弄りまわしている暇はなかった。

四人が集合した駅に帰り着いたのは、午後五時前だった。そのまま解散する予定だったので、松岡は駐車禁止の路肩に車を止めた。

「これ、あげる」

別れ際、松岡は助手席の藤本に小さな袋を渡した。

「開けてみて」

言われた通り、藤本は袋を開けた。表情がパッと明るくなり、イルカのついたボールペンを嬉しそうに手に取る。

「ちょっとガキっぽいかもしれないけど」

そう言うと、藤本は首を横に振った。

「すごく嬉しい。ありがとう」

葉山は「よかったね」と、羨ましそうにボールペンを見ていた。チラリと寛末を窺ってみたが、鈍い男からは「しまった」という反応さえ出てくることはなかった。

三人と別れるまで、松岡は笑っていた。車が動きはじめ、みんなの姿が見えなくなると同時に笑顔は消え失せ、疲労に似た重苦しさに全身を支配された。

家に帰り着いてからもそれは同じで、何もする気がおこらず、クーラーもつけずに床に座り込んだ。葉山の欲しがっていたボールペンを、寛末の目の前で藤本にあげなければよかった。微妙な意地悪が、自分の底意地の悪さを露呈する。葉山を羨ましがらせて、寛末を気の利かない男だと、株を落としてやろうと最初から考えていたわけじゃない。

恋人が欲しがっていたものを、安物のボールペン程度でも買ってあげるという気遣いのできない男。そんな男にこれを渡し、葉山にあげるようアドバイスすることで、男女の付き合いの基本をそれとなく教えてやるつもりでいたのに、途中でそんな余裕もなくなった。

自分の考え方が、行動が嫌になる。このままだとどんどん卑屈になって、終いには自分で自分が嫌いになりそうだ。もう寛末に会いたくない。顔も見たくない。

不意に聞こえたメールの着信音に、根拠もなく寛末だと、寛末に違いないと思った。携帯電話に飛びつく。差出人は藤本だった。

『今日はとても楽しかったです。ありがとうございました』

読んですぐに携帯の電源を切った。そして一晩中放りっぱなしにしておいた。

朝、緊張しながら携帯電話の電源を入れた。新しいメールも電話もかかってきた形跡はなかった。


翌日、藤本にメールを送った。昨日は帰ってすぐに寝てしまったので、メールに気づかなかったと嘘をついた。今度は二人で会おうね、と書き添えるのも忘れなかった。

月曜日、会社に行くと葉山が上機嫌な顔で近づいてきた。

「土曜日はごめんね。疲れたでしょう」

自分の中のしこりを意識しないよう、笑って「大丈夫だよ」と返した。

「駅まで送ってもらった後に、眞子とごはんを食べたの。あの子、すごく楽しかったって言ってた」

「そっか」

楽しがっていたと聞いても、感情は平坦で波も立たない。正直すぎる自分の反応に、いっそ腹が立つ。松岡は振り返り、壁の時計を見る振りをした。

「そろそろ俺、外回りの準備があるから」

話を切り上げようとしたのと、葉山が「寛末さんがね」と言いかけたのは同時だった。寛末、と聞いただけで全身がピクリと反応する。

「何？」

問い返すと、首を横に振った。

「いいの、大したことじゃないし。これから忙しいんでしょ」

「そういうの気になるからさ、話してよ」

葉山は「本当に大したことじゃないんだけど」と前置きした。

「寛末さんが松岡君のことを色々と聞いてきたの。性格のこととか。でも二人って前から知り合いだったのよね？」

手に汗を握った。心拍数が上がる。

「たまに顔を合わせる程度だよ」

ふうん、と葉山は呟いた。

「寛末さんて普段はあまり喋らない人なのよ。それなのに松岡君にはすごく興味があるみたいだったから、どうしてかなって思ったの」

聞いてきた、ということは、少しは自分のことが気になっているんだろうか。

「そんなに喋らないの？」

江藤葉子として付き合っていた頃、寛末は自分によく話しかけてきた。口数は多い方ではなかったが、喋らないという印象はない。

「おとなしい人なのよ。優しいけど鈍感で、そういうところも好きなんだけど、たまに歯がゆくなる時があるのよね。付き合ってるんだけど、今一つ彼の気持ちってよくわかんないし」

フウッとため息をついて、葉山は前髪を掻き上げた。

「松岡君、今晩時間ある？」

「夜？」

「眞子のことも含めて、相談したいことがあるんだけど」

やめておいたほうがいいんじゃないかと、胸の中で何かが囁く。寛末の話をする葉山を、何の感情も交えずに見ていられるとは思えない。嫉妬して、嫌な感情が混ざって、土曜日の夜みたいに自己嫌悪する。きっとそうなる。

「わかった。いいよ」

藤本のことを相談したいと言っていたから、というのは言い訳。自分に興味を示したという寛末。それがどうしてなのか知りたいという欲求に、松岡はどうしても抗えなかった。

午後七時、外回りを終えた松岡は駅前で葉山と待ち合わせた。近くにある洋風の居酒屋へ行き、腹を満たしつつ少し飲んだ。

外回りをしている間に考えた。考えた結果、自分からは寛末の話題を振らないでおこうと決心した。もう男と会うことはないだろう。それなら聞くこと自体、自虐的だった。そんな心づもりでいたのに、葉山は酒が入ってくると聞いてもいないのに寛末の話をはじめてしまった。

「研究員てね、ちょっと変わった人が多いのよ。愛想も気遣いもないっていうか。事務の引き継ぎもまともにしてもらってないうちから領収書とか請求書を私に持ってきて、こっちがまだ仕事に慣れてないって知ってるくせに、処理が遅いって文句を言うの。請求書を送ったら送ったで、本社からはコストが高すぎるって文句の電話が私にかかってくるし。最初の頃は毎晩、家に帰って泣いてたわ。そんな時に声をかけてくれたのが寛末さんだったの。私がミスした時も、自分には関係ないのに一緒に上司に謝ってくれて、優しい人だなって思ってるうちに好きになってたのよね」

目を伏せ、頬杖をつく。

「鈍感な人なのよ。私はいいなって思ってたから、好きって気持ちを前面に出してたつもりなんだけど、少しも気づいてくれないし。だから私の方から『お付き合いしてください』って言ったの。すごく驚いてた」

寛末から告白して付き合いはじめたのではないと知って、ホッとしている自分がいた。けどね……と呟いた後、葉山は松岡を真顔で見つめた。

「松岡君から見てどう？　寛末さんて私のことを好きだと思う？」

何と答えていいのかわからなかった。戸惑いの表情を読むように「変なこと聞いて、ごめんね」と葉山は謝った。

「私はすごく好きなんだけど、寛末さんはどうなのかなって思うことがあって……」

「何かあったの？」

曖昧に笑い、葉山は俯いた。

「告白した時、一度考えさせてほしいって言われたの。好きな人も、付き合っている人もいないって話してたのに『考えた』ってことは、私のことをそういう意味で意識してなかったってことでしょ」

自分の時は、と考える。何度も送られてきたメールに、恥ずかしくなるような愛の告白。自分が江藤葉子として付き合っていた時の方が、男は積極的だった。意味のない優越感に浸る。本当に意味のない。自分の方が好かれていたと、愛されていたと。そんな気持ちのすぐ後に、現実がのしかかる。一生好きだと言った後の拒絶。思い出した途端、気持ちが暗く沈む。だから向かいの葉山が黙り込んでいることに、しばらく気づかなかった。

「私って女としての魅力がないのよね」

葉山が泣き出しそうな声で呟いた。

「急にどうしたんだよ」

慌てふためく松岡の前で、葉山はポロリと涙を零した。

「付き合いだしてもうすぐ二ヵ月になるのに、まだキスもしてくれないの。最初はシャイな人だからって思ってたけど」

葉山は泣いているのに、キスもしてないと知って嬉しいと思った気持ちは隠せなかった。まだ自分だけのもののような気がしてくる。

「もっと好きになってもらいたい、すごく好きになってもらいたいなあ。私はこんなに好きなんだから、同じぐらい」

泣いたりしてごめんね、と葉山はハンカチで目許を拭った。

「努力はしてるのよ。週末になったら部屋に遊びに行って、掃除をしたり、ご飯作ったりして。家庭的なところをアピールしてみても、あまりピンときてないみたい」

ふと、何かに気づいたように、葉山は慌てて顔を上げた。

「家に上がり込んだりされるの、嫌な人なのかしら。でもそうやって身の回りの世話をしてあげたら『ありがとう』って言ってくれるの。ねえ、松岡君だったらどう思う？　そういうのって、鬱陶しいかな」

人それぞれだから、としか言えなかった。松岡は寛末の部屋に上がった際、お茶の一つも自分で入れたことはなかった。そうしなくてはいけないという意識もなかった。

「私の話ばかりでごめんね。昨日かな、眞子と電話で話してて、この前の四人でキャンプに行きたいねって話になったの」

四人……の言葉に、松岡は苦笑いした。

「みんなでキャンプもいいけど、俺はそろそろ藤本さんと二人で会えたらって思うんだけど」

葉山は「そうよね」と浅く頷いた。

「松岡君がそう考えるのも無理ないと思う。私も保護者を卒業したいもの。松岡君はいい人よ、二人で会ってみたらって話はするんだけど、やっぱり怖いって言うの。いくら男の人が苦手でも、初対面じゃないし、大人気《おとなげ》ないって叱ったんだけど」

葉山は頭を下げた。

「ごめんなさい。四人っていうのは今度で最後にする。次は絶対に二人で会えるよう、私が責任持って段取りをつけるから」

お願いされて、嫌だとは言えなかった。それに今キャンプを断ると、四人ということを露骨に嫌がっているように思われそうだった。

それから藤本の話は妙にしづらくなってしまい、葉山も酔いが醒めたのか「そろそろ帰ろうか。明日も仕事があるし」と立ち上がった。

キャンプの話はあの場限りで、うやむやにならないかと密かに期待していたが、葉山は本気だったらしく早々に場所を決め、来週の土曜日は空いてないかと松岡に聞いてきた。

「夏休みのこの時期、どこのキャンプ場も予約でいっぱいだったの。もう駄目かなって思ってたら、大石《おおいし》のキャンプ場でコテージをやってる親戚が、キャンセルが出て来週の土曜日にコテージが二つ空いたって教えてくれたのよ。とりあえず予約して、寛末さんと眞子にはOKを取ったんだけど松岡君はどう？　行けそう？」

予約したと聞いて、松岡は焦った。来週の土日に予定はないが、行きたくない。寛末に会いたくない。だけど葉山が苦労して予約したコテージを、キャンセルしろとはどうしても言えなかった。もとはといえば、キャンプに行こうと誘われた時にハッキリと断りきれなかった自分にも責任がある。

結局、松岡は「行けるよ」と返事をした。そして口にした瞬間から、激しく後悔した。行きたくない、行きたくない。キャンプ場で、寛末と葉山がこれ見よがしに仲良くしている姿なんて見たくない。

何度も断ろうと思ったが、楽しそうにキャンプの話をする葉山に「行けない」とは切り出せなかった。キャンプに行かなくてはいけないことがストレスになり、日が近づくにつれ、松岡は葉山の姿を見るだけで胃がシクシクと痛むようになってきた。

当日に「急に都合が悪くなった」と言って断ることも考えたが、車を出すのは自分なので残りの三人も行けないということになる。結局みんなに迷惑をかける。

キャンプの前日、松岡は携帯電話を目の前に置いて三時間、悶々と過ごした。断るなら今だという瞬間は、もう何度も何度もやり過ごしていた。

迷いはトラック走みたいに、同じ場所をグルグル回る。本気で、死ぬほど嫌だと思ったら、きっと電話をかけていた。迷いはそれだけじゃない。寛末に会いたくないと思う反面、こういう機会がなければ会えないと自分は知っている。会いたくない、本気で会いたくないのに、ほんの少しは会いたいと思う。心の中に矛盾がある。自分で自分がよくわからなくなる。

ふと寛末はこの状況をどう思っているんだろうと気になった。嫌ではないのだろうか。それとも恋人の友達のためだからと割り切っているんだろうか。

真意を確かめたい、膨らむ欲求のまま携帯電話を手に取る。かけようとしたけれど、寛末の気持ちを確かめて、それからどうするんだと自問したところで、手が止まった。

寛末がこのキャンプを嫌だと言ったら、行くのをやめる。それが断る弾みになると思った。

携帯電話が寛末をコールする。松岡は唇を強く噛み締め、目を閉じた。七コールで繋がる気配がした。心臓の高鳴りは最高潮に達していたが「はい？」と聞こえてきた声は、寛末のものではなかった。

「あの、寛末さんじゃないですか？」

『どなたですか？』

女性の声だ。

「すみません。間違えました」

切ろうとしたところで『もしかして、松岡君なの？』と相手が自分の名前を呼んだ。聞き覚えのある喋り方。葉山だ。

『寛末さん、今ちょっと電話に出られないんだけど、何の用？』

こんな状況を想像していなくて、松岡は「あの」と口ごもった。

「べ……別に用ってほどじゃなかったんだ。明日、そう明日、外で料理するって言ってただろ。す、炭とか準備をしてるのかなと思って心配になってさ。一回葉山のトコにかけたんだけど繋がらなかったから」

しどろもどろに電話の理由をつくる。

『ごめーん、言ってなかったね。炭はもう準備してあるの。バーベキューセットをレンタルした時に、一緒に買ったから』

「ああ、そっか」

ほかに言葉が続かなかった。「誰から？」と遠くで声がする。

『勝手に出てごめんね。松岡君からで、明日のバーベキューの炭をどうするかってかかってきてて……』

寛末に説明した後で『松岡君、ほかに何か用がある?』と葉山は聞いてきた。

「別に」

『そう? じゃあまた明日ね』

じゃあまた、と言われてしまっては、切るしかなかった。携帯電話に表示された時刻は午後十一時。葉山はこれから家に帰るんだろうか。泊まるのかもしれないと想像し、深く考えるのをやめた。考えたって虚しいだけだった。


結局、松岡は寛末の真意を確かめることも、キャンプを断ることもできなかった。眠れないまま夜を過ごし、朝になる。出かける時間になったので、仕方なく車を出す。外は嫌味なほど青空で、日差しが痛いほど目に染みた。

三人を拾うために駅前へと向かう。待ち合わせの場所に、二人は並んで立っていた。藤本もいたのに、最初に目に入ったのは二人の方だった。後部座席に座り「おはよう」と笑いかけてきた葉山を見て、昨日は寛末と寝たんだろうかと考える下世話な頭に吐き気がした。

汚いものや嫉妬、何もかもどす黒い腹の中に飲み込んだまま、車を走らせる。葉山は上機嫌で、耳障りなほどよく喋った。松岡は後ろの二人を意識しないように、積極的に助手席の藤本に話しかけた。この前よりも緊張が和らいでいるのか、人見知りな女の子との会話もそれなりに続いていく。

和やかな雰囲気で車内の時間は流れる。松岡は今すぐにでも帰りたいと思っているのに、笑って話をしている自分を不思議に思った。

二時間ほどでキャンプ場に着き、男女に別れてコテージの中へ入った。部屋は八畳ほどの簡素な造りで、中央に手作り風のテーブルと椅子、そして木製のベッドが左右の壁に沿って二つ置かれている。松岡は右側のベッドに荷物を置くと、テーブルの傍に立っていた寛末に部屋の鍵を渡した。

「俺、先に外へ出てるんで」

二人きりは寛末も気まずいだろうと気を使ったのに「あの」と引き留められた。

「今日、君は来ないんじゃないかと思ってた」

たとえ来たくなかったとしても、寛末に言われるのは心外だった。

「どうして」

しばらく黙り込んだ後、男は「何となく」と呟いた。松岡はフッとため息をつく。

「断ろうと思ってたよ。けど予定が先に立っちゃったからな。本当は四人じゃなくて二人で出かけたかったんだけど、藤本さんが俺とじゃまだ抵抗があるみたいだったから」

寛末が何か言いたそうな顔をしているから待っていたが、その口からは何も出てこない。微妙な沈黙ができる。

「藤本さんを、本当に好きなんですか？」

全身が硬直するようなことを言われる。ゴクリと唾を飲み込んだ。

「まあね。けっこう可愛いし」

「そうですか……そうですよね」

松岡はコテージの入り口に向かって歩いた。振り返らずに喋る。

「俺と一緒の部屋で嫌かもしれないけど、今晩限りだから我慢してよ」

言い捨て、外へ出た。一人になった途端、指先が震え、心拍数が上がり、大量に何かが胸に込み上げてきて、泣きそうになった。じっとしていたら余計なことを考える。松岡は車からバーベキューの道具を取り出し、コテージの庭へと運んだ。

十分ほどで葉山と藤本もコテージから出てきた。蟬の声が降るような木陰に集まり、しばらく三人で話をしていたけれど、いつまで経っても寛末が出てこない。しびれを切らした葉山が呼びに行き「寝ちゃってたみたい」と呆れながら戻ってきた。変な寝癖のついた髪を掻きながら、気まずそうにコテージから出てきた男は、松岡の手によって運び出された荷物を見て「すみません」と謝った。

四人揃ったところで、どこへ行くかという話になった。葉山が「森の中を散歩してみたい」と言ったので、松岡は「俺、釣りがしてみたいんだよね」とさして好きでもないのに興味のある振りをした。二手に別れることになり、葉山と寛末は森林浴に、松岡と藤本は川べりで釣りをした。

想像どおり、釣りは面白くなかった。だけど自分がつまらない顔をしていると、付き合わせてしまった手前、藤本に悪くて、松岡は楽しんでいる振りをした。

松岡がようやく一匹を釣り上げ、バーベキューの時に一緒に焼こうかなと考えていると、バケツの中で泳ぐ魚を見ていた藤本が「最後は川に帰してあげるんですよね？」と聞いてきた。「食べるつもりだった」と言うに言えなくなり、松岡は「もちろんだよ」と慌てて返事をした。

人見知りはしても、優しい子だと思う。川に魚を帰すと言ったのが、男の目を意識した言動でないのもわかる。この子を好きになれたらなと思う反面、寛末は何をしているんだろうと考える。

川べりは風が強く、木陰にいたので釣りをしていても涼しかった。藤本の髪に枯れ葉のようなものが絡まっていることに気づいた松岡は、取ってあげようと何気なく右手を伸ばした。髪の毛に触れた瞬間、藤本がビクリと大きく震え、松岡は慌てて手を引っ込めた。

「驚かせてごめん。髪に何かついてたから」

謝ると、藤本は口許を両手で押さえて小さく首を横に振った。

「俺のこと、怖い？」

否定してくれない。俯いて丸くなる。

「これで会うの三回目だよね。俺はそろそろ二人だけで出かけられたらって思うんだけど」

返事はなかった。

「いつまでも四人一緒っていうのもどうかなと思うし」

優しく言ったつもりなのに黙り込まれてしまい、松岡は途方に暮れた。

「ずっと前に……」

三十分ほど経って、時間的にもそろそろコテージに戻った方がいいんじゃないだろうかと考えていると、沈黙していた藤本がようやく口を開いた。

「高校生の頃、バスに乗って通学していた時に、後ろにいた男の人が私の首筋に息を吹きかけてきたことがあるの。学校の前で降りるまでずっと。気持ち悪くて吐きそうだった。それから急に男の人が怖くなって……大したことない、大丈夫って自分に言い聞かせても駄目で、我慢できなくて」

松岡は「そっか」と呟いた。下手な慰めや中途半端なことは言えない、そう思うと急に言葉が不自由になって、何も言えなくなってしまった。

それからほとんど喋らないままコテージに戻った。庭先では、先に戻っていた寛末と葉山が食事の準備をしていた。寛末にはどうも料理の才能はないようで手際が悪く、藤本が戻ってくると早々に包丁を明け渡して、バーベキュー用の火をおこしている松岡に近づいてきた。

「手伝います」

そう言うので、寛末に火の番だけさせて、松岡はテーブルをセッティングした。辺りが薄暗くなる頃には準備も整い、バーベキューの肉も焼き上がって、みんなで食事をした。二人の時は黙りがちだった藤本も、葉山相手にはよく喋っていた。松岡も今度は会話を途切れさせないようにと気をつけた。

藤本のトラウマとか、どこか笑い方がぎこちない寛末とか、気になることは山のようにあっても、自分が深刻な顔をしていたり、黙り込んでしまったら場の雰囲気が盛り下がるから、楽しそうな振りをした。

気持ちを、テンションを上げるために松岡はビールを飲んだ。飲んでも飲まれない程度にと加減していたし、いつもより少なめだったはずなのに、急激に酔いが回った。昨日、寝てないというのも悪かったのかもしれない。酔って眠くなるならまだしも、だんだんと気分が悪くなってきた。

「ちょっと、ごめん」

トイレに行こうと立ち上がり、一歩踏み出したところで膝が笑った。少しも力が入らず、その場でへたり込む。座っていたから、足までキているとと気づかなかった。

「松岡君、大丈夫？」

吐き気が一気に込み上げてきて、声をかけてきた葉山に返事ができない。口を開いたら、そのままもどしてしまいそうだった。

「立てる？」

寛末が傍らで膝を折る。松岡は男の腕を強く摑んだ。

「トイレ。気分悪い」

状況を察したのか、寛末は松岡を支えるようにしてコテージの中にあるトイレまで連れていってくれた。寛末に肩を抱かれている間は死ぬ気で我慢し、トイレの個室に一人でこもってからはゲーゲー吐いた。ただただ気持ち悪くて、目尻に涙まで浮かんだ。

十分か十五分ぐらい吐き続けるとようやく落ち着いた。ドアを開けると、目の前に寛末が立っていて驚いた。

「大丈夫？」

顔を覗き込まれて、思わず頷いた。

「……飲みすぎた」

そっけなく言い放ち、松岡は口をゆすいだ。洗面所の鏡を見たまま、背後にいる男に話しかける。

「俺はもう大丈夫だから」

「顔色が悪い」

「気分が悪いのはおさまった。先に戻って、俺は大丈夫だって二人に伝えてもらえるとありがたいんだけど」

はい……と返事をして、寛末は部屋を出ていった。自分も戻らないといけないと思いつつ、ベッドに引き寄せられる。

柔らかいスプリングの上に倒れ込むと、寛末の匂いがするような気がした。向かいのベッドの上に、見覚えのある鞄が見える。そういえば自分のベッドは右だった。移動しなくてはいけないと思いつつ、ちょっとだけ、ちょっとだけ……そう思って松岡はシーツに顔を擦りつけた。

……目が覚めると、周囲は真っ暗だった。強く尿意をもよおしたが、どこに明かりのスイッチがあるのかわからない。闇雲にサイドボードらしきものの上を探っていると、指先に何か触れた。それと同時に、ガタンと大きな音がする。

隣でギシッとベッドの軋む音がした。パッと周囲が明るくなり、反射的に目を細めた。

「大丈夫ですか」

男に聞かれ、松岡は半身起こした状態で頷いた。サイドボードの下に、空の灰皿が引っくり返っている。

「何度か様子を見たけど、眠っているようだったので起こしませんでした」

「どうも……」

松岡はベッドから起き上がり、腕時計を見た。午前零時十分。寛末の視線を感じ、それがどうにも居たたまれずにトイレへと逃げ込む。用足しをしている最中に、寛末のベッドで寝入ってしまったことに気づいて青くなった。どうやって言い訳をすればいいのか考えたが、結局は「間違えた」と言うしかなかった。

「その、悪い。酔ってて寝るとこ間違えた」

寛末はベッドに腰掛け、こちらを見ていた。

「決めていたわけでもないので」

言われてみればそうだ。こだわる方が不自然かもしれない。松岡は時計を外し、サイドボードに置いてから、ノロノロとベッドに潜り込んだ。一度目が覚めてしまうと横になってもなかなか寝つけない。隣の男も気になって仕方ない。話をするわけでもないのにその存在が、息遣いの気配が松岡の全身を強張らせる。

「風呂に入ったり、着替えたりはしないんですか」

言われてバーベキューをしていた時の服で寝ていたと気づく。寝る時のためにと短パンとTシャツを持ってきていたが、着替えるのが億劫だった。

「面倒だから、明日でいい」

「じゃ、電気を消してもいいですか」

「どうぞ」

暗くなると、辺りはひときわ静かになった。松岡はシーツの中で、隣に眠っている男のことを考えた。自分に夢中だった時のことや、乱暴なセックスをされたことを……。

ほかのことを考えようとしても結局、寛末のことを考える。あの子、藤本を好きになれなくても無理はない。今でもこれだけ気持ちが揺れるのに、ほかの誰かなんて考えられない。

そんなに大した男じゃないだろ、と自分に言い聞かせる。仕事はできないし、鈍感だし、かっこいい方でもない。わかっていても、どうしても忘れられない。

隣のベッドが、寝返りを打つたびに鈍く軋む。頻回なそれに、眠れないのは自分のせいだろうかと気になった。

松岡はそっとベッドを抜け出した。電気をつけ、辺りを見回す。部屋の鍵は中央のテーブルの上に置かれていた。鍵を手に玄関先で靴を履いていると「どこへ行くんですか？」と背中に声がかかった。

「ちょっと散歩。鍵は持っていくから、先に寝てて」

そう言い残し、外へ出た。外灯は消えていても月は明るかったから、目が慣れてしまえば歩くことに不自由は感じなかった。

バーベキューをしていたコテージの庭先を抜けて、川岸へゆく。昼間はキラキラして見えた水面も、今はサラサラと透明な音を響かせるだけだった。

松岡は川岸にある平たい石に腰掛けた。時計を忘れてきたので時間はわからないけど、寛末が寝つくまでしばらくその辺をブラブラするつもりでいた。

不意にガサガサと傍で物音がして、松岡は慌てて立ち上がった。背後から姿を現したのは白い犬で、首輪をつけていなかった。犬は松岡を一瞥すると再び草むらの中に消えていった。

暗い場所に一人でいるのが急に怖くなり、松岡はコテージの傍にある駐車場に戻った。ジーンズの尻ポケットからキーケースを取り出し、自分の車に乗り込む。運転席に座り、シートを倒す。深夜ラジオを大きめのボリュームでかけて目を閉じる。時間帯もあるのか、パーソナリティーの話は下世話な方向へと流れがちだった。その空白さに、意味のない笑いにかえって救われる。

このキャンプから帰ったら、藤本に付き合えないと言おう。こんな状況で新しい恋愛なんてできるはずがない。もっと早くそのことに気づけばよかった。後悔しても、今更どうしようもない。いや、自分はわかっていた。半分ぐらいわかっていた。それでも気づかない振りをしていた。

フッと鼻先で笑う。ラジオの突っ込みがツボに嵌《は》まったわけでも何でもなく、聞こえてくる笑いにつられて笑ってみた。

ラジオを大きな音にしていたから、気づくのに時間がかかった。ドアを叩かれているような気がして目を開ける。サイドガラスに、人の気配が黒く映った。ラジオのボリュームを落として、サイドガラスを下げる。その存在に、笑えていた頬がぎこちなく強張った。寛末は怒った表情のまま、屈み込むようにして車内を覗き込むと「そんなところで何をしているんですか」と眉間に皺を寄せた。

「別に」

「ちょっとと言ったのに、いつまで経っても帰ってこないから」

心配して捜しに来てくれたのかと思うと、胸の底がチクリと針で刺すように痛んだ。

「ラジオが聴きたくなったんだよ。それだけ」

本当のことは言わなかった。寛末は俯き加減にため息をつく。

「万が一のことがあったらと思うと、気が気じゃなかった」

「万が一って何？」

寛末は口を閉ざす。こんなクソ田舎のキャンプ場でそんなことがあるはずないとわかっていても、強盗とか何とか適当に言っておけばいいのに、機転の利かない男だった。

「弾みで何かすると思った？」

返事をしない男を、松岡は笑った。

「そんなことするわけないだろ。第一、理由もないのに」

吐き捨て、胸の内がスッとしたのもほんの一瞬だった。

「君が……」

寛末がいったん言葉を切った。

「まだ僕を好きでいるような気がしたから」

全身を巡る羞恥の後にやってきたのは、殴ってやろうかと思うほど激しい怒りだった。無神経さもここまでくると嫌みでしかない。怒りと図星を指された惨めさが、螺旋状に絡みつく。

「振られたぐらいで死のうなんて思うもんか。自惚《うぬぼ》れんじゃねえよ。もうあんたなんか全然気にしてないっ」

強がってみても声が震える。寛末もきっとそれはわかっている。全開の窓枠にかかる指先が、早くどこかへ行ってしまえと思う。好きだと知っているなら、自分のことを考えてくれるなら、今すぐこの場から立ち去って自分を一人にしてほしかった。

「葉山さんと話をしていると、よく君のことが話題になる」

独り言のように、寛末が喋り出した。

「彼女は、同期の男性社員の中で、君と一番仲がいいと言っていた。仕事ができて、優しくて信頼できる人だと」

松岡にとっても葉山は気の合う友人の一人だった。もし寛末と付き合ったりしなければ、何のわだかまりもなく友達でいられたはずだった。

「僕は、君のことがよくわからないけど」

何回も会って、何度も食事をした。筆談だったけど、よく話した。たとえ女装していたとしても、自分は胸の内を誤魔化したりしなかった。前と何も変わったつもりはなかった。

寛末と決別した時の、自分を見ていた冷ややかな視線を思い出す。もう二度と関わらないだろうと思っていた人が傍にいるのは、ひょっとしたら葉山の影響かもしれない。葉山が自分のことをいい人だと寛末に話したから。

男だと告白した後、自分がいくら好きだと言っても、露骨なぐらい好意を示しても寛末の疑心暗鬼は消えなかった。でも葉山の言葉だったら、葉山が「優しい」と言っている自分なら、寛末はどうだろうと考えてみる気になるのだ。自分より、葉山の言葉を信用したのだ。

「俺は寛末さんのこと、よくわかるけどね」

短い沈黙の後で「嘘だ」と呟くような声が聞こえた。

「嘘じゃないよ。だけどそんなの今更どうでもいいことだし」

「君に僕のことがわかるはずがない。たかが……」

寛末が言い淀んだ言葉を、わざと続けた。

「一回寝たぐらいで？」

気まずそうに俯いた男に「まあ、確かにね」と同意し、松岡は息をついた。

「俺はもうちょっとここでラジオ聴いてるから。気が向いたら部屋に戻る」

サイドガラスを動かすと、寛末は慌てて手を引いた。ガラスを閉めきってから、ラジオのボリュームを上げ、目を閉じる。

しばらくして、もう大丈夫だろうと思って目を開けた。予想通り、傍に人の気配はなかった。闇の中に目を凝らして、そして本当に誰も傍にいないと確信してから、松岡は少し泣いた。勝手に涙が溢れてしまったからで、泣きたくて泣いたわけではなかった。

松岡が部屋に戻ったのは夜が明けてから、六時過ぎだった。部屋に戻ると同時にシャワーを浴び、服を着替えた。そうしているうちに寛末が目を覚ます。松岡と目が合っても「おはよう」の一言もない。不自然なほど無言のまま過ごす。朝食ができたと葉山が部屋のドアをノックする七時半過ぎまで、その状態は続いた。

四人になってからの会話は普通だった。松岡は寛末を無視しなかったし、寛末も問いかけたら返事ぐらいはした。サンドイッチとコーヒーの朝食を済ませた後で、帰り支度をはじめる。荷物をまとめ、部屋を出てチェックアウトをする段になって、松岡は部屋の中に車の鍵を忘れたことに気づいた。

慌てて一人で部屋に戻り、テーブルの上の鍵を手にしたところで、もう一つの忘れ物に気づいた。時計がぽつんと一つ、サイドテーブルの上に残っている。寛末のものだ。国産の時計は表面のガラスに傷が沢山あり、革バンドは飴色で随分と使い込まれていた。

松岡は時計をポケットに滑り込ませて部屋を出た。それから三人を駅前で降ろすまで、寛末は時計に関して何も言わなかった。忘れてしまったことに気づいてもいなかった。

最初から自分のものにしようと思ったわけじゃなかった。キャンプからの帰り、何度も忘れ物だと言おうとしたけど結局、言えないまま別れた。

返しに行くことも考えたが、そうなると本人に会わないといけない。自分の好意を知っている寛末に、時計を理由に会いに行きたくない。返すのが目的ではなく、会うのが目的だと思われたくなかった。

キャンプから帰ってきた翌日、自分の時計が不意に止まった。電池切れだ。時計がなくても、時間を見るだけなら携帯電話があれば困ることはない。それでも携帯電話を取り出して見るという行為が煩わしくて、松岡は寛末の時計を借りた。

バンドの穴は、松岡の方が一つ内側になった。古いけど文字盤が大きくて見やすい。だけど決してかっこよくない時計は、まんま寛末のようだった。

人のものを、まるで自分の持ち物のように使える神経の図太さに驚き、戸惑いつつも使う。時計はつけた瞬間から体の一部のように手首に馴染んで、それがやたらと愛しかった。

キャンプから帰って一週間目、松岡は初めて藤本と二人きりで会った。ようやく藤本が自分に慣れてきた矢先「付き合えない」と切り出すのは申し訳なかったが、嘘をつき続けることはできず、「好きな人のことを、やっぱり忘れられないから」と本音で話をした。藤本は目を伏せ、黙って話を聞いていた。そして最後に「好きな人って、葉山さんのことですか」と聞いてきた。

「違うよ。どうして？」

すると「ずっと葉山さんを見ていたような気がしたから」と言われた。葉山じゃなくて、隣にいた男を見ていたのだと、そこまで正直になる勇気はなかった。

藤本と駄目になったことを葉山に言わなかったが藤本経由で伝わっているらしく、葉山は藤本の話をしなくなったし、四人で出かけようとも言わなくなった。寛末が自分と藤本の結末を知ってるのかどうか気になったけれど、それを確かめる術もなかった。

これから先が見えてくる。会う機会がなくなり、記憶が遠ざかって、右腕の時計が誰のものか忘れられるようになったらきっと全てが終わる。そんな気がした。

気がつくと八月が終わっていた。今は九月だと頭の中で認識していても、衰えることのない日差しの強さは、松岡にしばし錯覚をおこさせる。

営業でたまに繁華街へ出ると、街中をブラブラしている若い人間がやけに少ないなと違和感を覚える。そこであぁ、夏休みももう終わったんだなと気づく。

九月の第二週の水曜日、外回りを終えた松岡は、直帰をしようと社に電話を入れた。すると「話があるから一度戻ってこい」と課長に言われてしまい、電車を乗り換える手間に辟易しながら社に戻った。

時刻は午後六時を過ぎていた。薄暗くなってきた玄関ロビーを抜け、エレベーターを待つ。待たされることに苛々しつつ、ようやく降りてきた箱には七、八人と思いのほか沢山の人が乗っていた。

「松岡君」

集団の中に葉山がいた。松岡に駆け寄ってくる。

「外回りご苦労さま。もう仕事は終わりなの？」

終業後なのに、ファンデーションの崩れもない。服も可愛らしくて、これからデートだろうかとふと思った。誰と……の部分は考えずに排除する。

「だいたいね。伊本《いもと》課長、まだいた？」

「いたけど、帰り支度してたわよ」

松岡はチッと短く舌打ちし、無意識に腕時計を見た。

「じゃ早くしないと駄目だな」

葉山が「あれ？」と呟いて、松岡の手許を覗き込んだ。

「松岡君、時計変えた？」

「あ、うん」

腕を下げ、右手で袖を引っ張った。

「前はタグ・ホイヤーじゃなかったっけ？」

「あっ、あれ電池が切れたんだよ。まだ、交換してなくてさ。これは大学の時に使ってた古いやつ」

口ごもる松岡を気にする風もなく、葉山は「ふうん」と呟いた。

「そうそう、時計で思い出したけど先月、キャンプに行ったじゃない。あの時、寛末さんが時計をなくしたみたいなの」

ただでさえ落ち着きの悪かった心臓が、まるで早鐘みたいにバクバクと打ち鳴らされる。

「泊まったコテージにも問い合わせたらしいんだけど、見つからなかったんですって。本人もどこでなくしたのかわからないらしくて、キャンプ場の中とか河原だったらきっとだめだろうって話はしてたんだけど。松岡君、もしよかったら一度車の中を捜してあげてくれない？　本人は車じゃないって言ってたけど、念のため」

松岡は「あ、うん」と小さな声で返事をした。

「そんなに大切な時計だったの？」

葉山は肩を竦めた。

「高くはないらしいんだけど、就職祝いにご両親からもらったものらしいの」

右手が震えた。

「その時計なんだけど、縁がゴールドで茶色のバンドの……そうそう、さっき松岡君がしてたみたいな感じのやつなの」

その後、葉山とどんな話をしたのか正直、覚えてない。まともな返事もせずに、自分はその場から逃げた。右手首の存在が、とてつもなく重かった。


葉山と別れてすぐ、松岡は時計を外してポケットに滑り込ませた。家に帰った後は、テーブルの上に置いて途方に暮れた。

そんなに大切なものだなんて知らなかった。返さなくてはいけないが、黙って持ち帰り、おまけに使っていたなんて、口が裂けても言えなかった。

「車の中から出てきた」と言って葉山に渡すことも考えたが、葉山には実際にこの時計を見られてしまっている。自分が使っていたと気づかれないだろうか。どうやって返せばいいのか、ぐるぐると考えているうちに次第に疲れてきた。おまけに時計を返したくないと思っている自分に気づいてしまった。両親からもらったものなら、寛末は大切に使っていたんだろう。そう思うと余計に。

時計を握り締めて、目を閉じる。「大事にするから、これを俺にください。お願いします」と聞こえない、聞いてもいない相手に許しを乞う。

そんな折、不意に携帯電話が鳴り出した。背中がビクリと震える。ここ数ヵ月、耳にしたことのなかった着信音。松岡は震えながら携帯電話に飛びつき、表示画面を見た。かけてきているのは間違いなく寛末だ。

携帯電話をわざと遠ざけたり、近づいてもう一度覗き込んだりと意味のない行為を繰り返しているうちに、電話はプツリと切れた。

何の用でかけてきたのか。別れてから一度も連絡してきたことはなかったのに。理由を考えているうちに、メールの着信音が聞こえた。差出人は寛末基文。震える指で松岡はメールを開けた。

『一度話をしたいので、もしよければ都合のいい日を教えてください』

嘘だと思った。こんな嬉しいメールを、何の理由もなしに寛末が送ってくるはずがない。絶対に裏があるはずで、考えているうちに気づいてしまった。寛末は葉山から聞いたんじゃないだろうか。自分が寛末の忘れ物である時計を持ち帰って、使っていたことを知ってしまったんじゃないだろうかと。

そうすると、話は上手く繋がる。葉山が自分のしている時計を寛末のものだと気づく。一度カマをかけてみたものの、反応が今一つだったので寛末に話す。そして今度は寛末本人が時計を取り返そうとしているんじゃないだろうか。

自分が悪いことをしているという自覚はある。だけど……。

松岡は携帯電話を取り出し、寛末の電話番号を着信拒否で登録した。メールも同様に設定する。会えないのも、ほかの誰かを好きになるのも仕方がない。だからせめて、時計を持っていることぐらいは自分に許してほしいと思った。

九月も終わりに近づき、真夏独特の湿気が薄れ、空が高くなった。その日、松岡はデスクワークを片付けるため、午後七時に社へ戻った。外回りは五時前に終わっていたが、戻るのは意図してこの時間を選んだ。最近、わざと遅れて社に戻ることが多い。理由は葉山と顔を合わせたくないから。一緒にいる時間が長ければ長いだけ、話しかけられる機会が増える。時計のほとぼりが冷めるまで、葉山とは距離を置こうと思った。

社のビルを外から見上げると、部署のある階に明かりがついていた。事務職の子は大抵、六時過ぎには帰ってしまうので、残っていても外回りの誰かだろう。

部屋の中にいたのは三人で、そのうちの一人は葉山だった。目が合った瞬間、ヤバイと思ったが逸らすこともできずに曖昧に笑った。葉山の視線が自分を追いかけてきているような気がして、緊張しながら椅子に腰掛ける。すると案の定、間を置かずに近づいてきた。

「お疲れ様」

松岡も「お疲れ」と返事をする。

「最近忙しそうね。ほとんど社にいないじゃない」

「まあね。新規が多いから、フォローが大変なんだよ。電話じゃラチあかないことも多いし」

肩を竦め、ため息をついてみせる。これも所詮ポーズで、指先が震える。

「葉山もこんな時間まで何してたの?」

「仕事は終わってるの。今日は松岡君に話したいことがあって」

ゴクリと喉が鳴った。

「俺に話したいこと？」

「寛末さんのことで、ちょっと」

背中にドッと汗をかく。あれからすぐ自分の時計の電池を交換した。寛末の時計は使ってない。部屋の奥に、大切に隠している。

「寛末さんのことって何？」

パソコンを立ち上げながら、さり気なさを装って聞いた。

「あぁ、ひょっとして時計のこと？」

葉山は「そんなことじゃないの」と呟いた。

「それより松岡君に聞いてもらいたいことがあるの」

指先は動いても、頭の中は上手く働いてない。

「仕事が終わったら少し付き合ってもらえないかしら」

「疲れてるし」「何時になるかわからないから」と繰り返しても葉山は引かず、松岡は最終的に「わかった」と言うしかなかった。パソコンを開けて三十分もしないうちに電源を切る。仕事は終わっていなかったが、終わらせた。……手につくような状態ではなかった。

葉山に連れていかれたのは、夜遅くまでやっているカフェだった。男前のギャルソンが目当てなのか、若い女の子の客が多い。

葉山と向かい合っても、松岡は俯き加減だった。午後八時過ぎと、腹が減ってもいい時間なのに、何も食べたいと思えなくて、コーヒーだけ頼んだ。

葉山は時計のことじゃないと言った。それ以外で寛末に関して話があるとなると、自分が女装して寛末と付き合っていたのがばれた……そのことしか考えられなかった。

葉山はしばらく何も喋らなかった。自分が責められる瞬間のために身構えていた松岡は、葉山の沈痛な面持ちにしばらく気づかなかった。

「岡林さん、私たちの同期の福田さんと付き合ってたでしょ。一回別れたみたいなんだけど、また付き合いはじめたらしいの」

ようやく喋り出したかと思えば岡林と福田の話で、松岡は首を傾げた。

「岡林さん、私が寛末さんと付き合ってるのを福田さんに話したみたいなの」

話の流れが今一つ摑めない。

「福田さん、寛末さんが前に好きだった人のことを知ってたのよ。モデルみたいに背が高くて、すごく綺麗な人だったって」

松岡はゴクリと唾を飲み込んだ。

「前に好きだった人は関係ない。今付き合っているのは私なんだからって思っても駄目なの」

葉山は涙ぐんだ。

「寛末さん、きっとまだその人のことが好きなんだわ。私のことなんてどうでもいいのよ」

両目からポロポロと涙が零れる。松岡は反射的に「そんなのわからないだろ」と口にしていた。

「会いたいって言うのも、好きだって言うのもいつも私から。この前、一週間電話をしなかったの。いつ彼からかかってくるか待ってたのにこなくて、我慢できなくて私からかけたら、電話をしてないことにも気づいてなかった」

葉山はハンカチで目許を押さえた。

「私のこと好きじゃないならそう言ってくれればいいのよ。恋人として見られないなら、見られないって、はっきり言ってくれたら私も覚悟する。だけど誘ったら会ってくれるし、会った後は『楽しかった』って言ってくれるの。そんなことを繰り返してるうちに、だんだん本当のことがわからなくなって……」

松岡の気持ちは複雑だった。葉山が「好かれてない」と告白する事実に、ホッとしている嫌な面と、泣いている葉山をかわいそうに思う気持ちの両方がある。

「寛末さんの前の彼女って見たことある？」

涙目に見つめられて黙り込む。「はい」か「いいえ」で終わる質問になかなか返事ができずにいると、葉山は苦笑いした。

「そんなに綺麗な人なの？」

松岡は俯いた。

「綺麗は綺麗だったよ」

ふうん……と葉山は相槌を打ち、俯いた。テーブルの上で組み合わされた手の上で、涙がいくつも砕ける。松岡は唇を血が滲むほど強く噛みしめた。

「綺麗だけど、綺麗なだけの女の人だったよ。性格が悪くて、何人もの男と同時に付き合うようなことを平気でしてた。我が儘で、自分勝手で、思いやりがなくてさ。寛末さんはいいように利用されてたんじゃないかな。俺は別れてよかったと思うよ」

そうなの？　と葉山は呟いた。

「前の恋人よりも俺は葉山の方がいい女だと思う。ああいう悪いのに夢中になるのは、一種の風邪みたいなもんだからさ。もう少し経ったらきっと忘れてくんじゃないかな」

葉山はようやく気持ちが落ち着いてきたのか、泣きながらしゃくりあげることはしなくなった。

「ごめんね、みっともないとこ見せて」

泣き濡れた赤い目で、葉山は笑った。

「毎日毎日疑心暗鬼で、辛くて、誰かに聞いてほしかったの。今日は松岡君と話ができて本当によかった」

それから三十分ほどして、葉山と別れた。駅まで送っていった葉山からは、もう涙の気配は見えなかった。松岡も電車に乗り、家路につく。

不安定な寛末と葉山の関係を考える。寛末はまだ江藤葉子を忘れていない。女装をしていた偽者の自分を。

無性に飲みたい気分だった。あれこれ考えたくない。松岡は駅前にあるコンビニでビールを数本買った。ビニールの揺れる、ガサガサという音を虚しく聞きながら、早く帰って飲んで、何も考えずに眠りたいと思った。

エレベーターを待つのが面倒で、階段を使ったが五段も上らないうちに後悔した。外回りで疲れて、両足は鎖がついたように重い。俯き加減に歩いていた松岡は、部屋の前に行くまでドアの前に人がいることに気づかなかった。

気配は、足許まで伸びていた黒い影。緩慢な仕草で顔を上げる。声こそ上げなかったものの、驚いて袋を持つ手を離した。缶ビールがコンクリートの上を転がる。遠くへはぐれた一本を、寛末が拾い上げた。

「どうも」

震えるな、と言い聞かせても受け取る手が震えるから、毟るように奪い取った。俯いたまま、鞄から鍵を取り出す。指が震えて、鍵穴に鍵を差し込むだけで三回も失敗した。

「あの」

部屋の前で待たれていた。この男は自分に会いに来た。わかっていても、こっちから理由を聞いてやるなんて親切なことはしない。

「君に話があるんです」

部屋の鍵は開いた。いつでも中に逃げ込める状態にしてから「何?」と問い返した。

「電話は繋がらなくて」

「ああ。繋がらないようにしたから」

寛末が俯く。松岡は右手の親指の爪が食い込むほど強く握り締めた。

「こっちから用はないし、そっちも用はないだろうと思って」

沈黙する。どうにも不器用な右手が、寝癖のつきやすい髪を掻き回す。

「用がなかったらかけない。だから着信拒否にする必要はないと思う」

寛末の言っていることはもっともだ。用がなければ電話は沈黙する。

「僕は何回も君に電話をかけた」

呟きに、責められているような気持ちになる。

「用があるなら、葉山に伝言すればいいだろ」

寛末は再び黙り込む。話は先に進まず、足許で停滞する。

「君にもらったものを返したい」

「返す？」

「その、手袋とか」

去年の誕生日、寛末のためにと思って選んだ手袋。松岡は笑った。寛末の大事にしていたものが欲しくて、盗んだも同然の形で手許に置いてしまった自分と、あげたものまで返そうとする男。

「嫌なら捨てろよ」

吐き捨てた。

「それも考えた。だけどどうしても捨てられないから、君に返すのが一番いいような気がして」

「そんなモン、返されてもこっちだって困るんだよ」

「僕も困る」

嬉しがって、何回もお礼を言って、ほころぶような笑顔を見せていた。今はそれも全部嘘。松岡はだんだんとどれが本当でどれが嘘なのかわからなくなっていった。

「……返せよ」

低く、唸った。

「自分では処分できない、迷惑だっていうなら返せよ。俺が捨てる」

突き出した右手を、寛末はじっと見ていた。

「持ってきてんだろ。早くしろよっ」

声に急かされるように、寛末は慌てて鞄を開ける。ゴソゴソと探しているうちに、鞄が手許から落下した。鞄を拾うために膝を折り、しゃがみ込んだまま鞄の中を掻き回す。しばらくそうしてから「ない」と硬い声で呟いた。

「ずっと返そうと思って鞄の中に入れてたのに。会社に置き忘れたのかもしれない。次は持ってくるから」

松岡は深く息をついた。自分を落ち着かせようと思っても、奥歯が小刻みに震える。

「次なんて機会はつくりたくない」

立ち上がった寛末を正面から見た。

「適当にそっちで処分しろよ。返した方が寛末さん的には後味も悪くなくて、すっきりするのかもしれないけどさ」

それは……と寛末が小声で何か言いかけたけれど、松岡は強引に遮った。

「俺はもう寛末さんに会いたくないんだよ。できれば顔も見たくない」

どうして、と聞いてくる男に、無神経を通り越して笑いが込み上げてきた。

「俺は寛末さんが好きだったけど振られた。それで今は同期の恋人になってる。ほかにも会いたくない理由が必要？」

気まずくなるとすぐに黙り込む。相手の中に自分に反論する言葉がないんだとわかるから、余計に腹が立つ。

「寛末さんは、俺が女装して騙したって思ってるだろ。それでずっと怒ってたんだよな。確かに騙したのは悪かったよ。俺も後悔してる」

相手からの反応はなかった。

「だからどうぞ、俺のことは忘れてください」

頭を下げた。

「俺なんかに関わってないで、もうちょっと葉山をかまってやれよ。付き合ってるなら、不安に思わない程度に気を使ってやれよ」

気持ちを奮い立たせるために、わざと明るい声を出した。

「あいつ、いい奴だからさ。責任感強くて、優しいし」

褒め言葉に嘘はない。それでも虚しくなった。

「もう遅いし、寛末さんも帰りなよ。じゃあ」

言い残してドアを開けた。それと同時に右腕を摑まれ、体が震えた。

「何だよっ」

「その」

「離せよっ」

強引に体を引くと、指が離れた。その隙に松岡は部屋の中に飛び込み、鍵をかけた。

背中合わせのドアからドンドンと扉を叩く音がする。耳を塞いで、聞かないようにしても振動が背中に伝わってくる。

しばらくノックの音は続いていたが、それもだんだんと間隔が開いて、終いには聞こえなくなった。松岡は玄関先にしゃがみ込んで、俯いた。体の震えは止まらず、掴まれた部分の熱がいつまで経っても冷めない。

引き留めるという行為に出た寛末の気持ちを考える。まだ何か自分に言いたいことがあったのか、それとも……。

夢のような淡い期待が膨らんで消える。ひょっとして、寛末は自分を意識しているのではないかという期待。最初は女装で騙していたと怒っていた。好きだと言っても弾かれ、強い拒絶をまざまざと見せつけられた。こんな状態でいい方向に事が進むとはとても思えなかった。

だけどどうしてだろう。寛末はもらったものを返しに来たと言うけど、それが自分に会うためのこじつけみたいに感じる。向こうがこちらに会いたい理由などないはずなのに。

腕の強さに、引き留めた行為に、何か言いかけた唇に期待する。甘い期待は、拒絶の苦い記憶と交差する。そんなことがあるはずがない、でも……と繰り返す。

もし寛末の気持ちが変化していたとしても、そうじゃないかと言いきれないのは、気持ちを変えるほど建設的な話はしてないからだ。険悪な雰囲気にはなっても色気のある話は一切出ず、しかも自分は葉山の友人である女の子と仲良くなろうとしていた。

期待はしない。好きだから、そんな思いがあるからいいように見えるんだと自分に言い聞かせた。期待して、大丈夫だと思って告白して拒絶されたことを思い出す。とびきり苦い記憶を引っ張り出す。

玄関先に座り込んだまま、ビールを飲んだ。何本も何本も飲んだのに、ちっとも酔えないのが不愉快で、悔しくて、切なかった。


電話がかかることはない。着信拒否にしているから連絡はつかない。この前は追い返した。話すことはないと追い払った。

それなのにマンションに帰る時は緊張した。ひょっとしたら寛末が部屋の前で待っているかもしれないと思い、エレベーターを出る時は最初の一歩に勇気が必要になった。そんな期待はいつも徒労に終わり、玄関先に誰かがいることはなかった。

寛末が自分を訪ねてきてから一週間ほど経った頃、松岡は葉山と一緒に昼食を食べた。昼頃に外回りから帰ってくると、昼食へ出ていこうとしていた葉山とちょうど鉢合わせたのだ。

話がしたいからと誘われ、近所にあるカフェに行った。昼のランチを頼む。オープンテラスのある可愛い店だったがテーブルは小さめで、椅子は硬く座り心地が悪かった。

「あれからどうなの？」

松岡の問いかけに、葉山は首を傾げた。

「ほら、寛末さんのこととか」

すると葉山は「ああ、あれね」とにっこり笑った。

「松岡君と話をした後からかな、寛末さんからもちゃんと電話がかかってくるようになったの。大した話はしないんだけど、ほぼ毎日」

がっかりした自分を、松岡は認めたくなかった。

「あまり会えないんだけど、声は毎日聞いているからそんなに寂しくないかな」

ふうん、とおざなりに相槌を打つ。

「そうそう、寛末さんとよく松岡君の話をするのよ」

えっ、と問い返した。

「松岡君てほら、私たち二人に共通の友人でしょ。それに寛末さんて松岡君のことをすごく意識してるみたい」

意識していると言われて、葉山が自分の気持ちを知っているのかと一瞬、焦った。

「いっ、意識してるって？」

「だから、男として」

男として意識する……恋愛対象として……意識されている……？　自分と寛末を中心に考えていた松岡はしばらくの間、勘違いに気づかなかった。

「松岡君てかっこいいじゃない。仕事もできるし、優しいし。同期の私が言っても、お世辞みたいに思うかもしれないけど。そういうことを寛末さんの前で話してたら、彼ね『どうして松岡さんの方を好きにならなかったの？』って言い出したのよ」

葉山はクスクス笑った。

「どうしてかっこいい松岡君の方を好きにならなかったんだ、なぜ僕なんだってそんな口調でね。嫉妬してるみたいで可愛いでしょ。だから『最初はいいなって思ってたけど、その時は松岡君に同棲している恋人がいて、そうこうしているうちに、恋愛感情を通り越して友達になっちゃった』って言ったの」

「前の彼女のことまで話したの！」

「あ、いけなかった？」

駄目だという理由を思いつけなくて、曖昧に「いいや」と返事をした。過去に女の子と同棲していたのは事実だが、それを葉山の口から彼に伝えてほしくなかった。

「そういえば松岡君が付き合っている人がいたって話した時、相手がどんな子か知りたがってたな。そこまで意識しなくてもって思うけど」

葉山は「松岡君、私みたいなのはタイプじゃないものね」と笑った。

カフェのランチは、見た目は綺麗でも量的にはそう多くない。葉山にはちょうどいいのかもしれないが、松岡には少なかった。それなのにあまり食べられなかった。不味《まず》いとか美味いの問題ではなく……。

「一昨日《おととい》だったかな、寛末さんのアパートに遊びに行ったのよ。部屋の掃除をしてから、一緒に買い物に行って、夕飯を作ってあげたの」

葉山はフッと息をついた。

「一緒に買い物しながら思ったの。結婚したら、こんな感じなのかなって」

「結婚……するの？」

問いかける声が震えた。

「プロポーズとかされてないわよ。けどそうなればいいなって思っただけ。寛末さんのこと好きだし、優しいし。いいお父さんになりそうだと思わない？」

葉山は「松岡君、応援してね」と笑った。松岡も笑ってみせたけれど「頑張れよ」

とはどうしても言えなかった。


午後から四件ほど得意先を回った。予定にない店まで回ってクタクタになって、自分の頭から何か考える隙を排除した。それでも電車の中で、資料を読んでいる途中で、結婚したいと言っていた葉山の言葉を思い出す。寛末も結婚願望は強かった。となると両者の望みは一致する。

この前、自分のマンションを訪ねてきたのは気まぐれで、あの手袋を返したかっただけ。それに過剰に期待していた自分がおかしい。これまで悩んでいたことが、毎晩のように部屋の前に誰かいることを期待したことが、心底馬鹿らしく思えた。

もし寛末が葉山と付き合わなければ、葉山と自分が知り合いでなかったら、同じ部署でなかったら、これほどまで寛末の次の恋愛をリアルタイムに知ることはなかった。そして知りたくもなかったというのが本音だった。

社に戻ったのは、六時半過ぎ。直帰してもよかったけど書類が重たかったたし、出先からの帰り道に社があったので立ち寄った。

社内にはまだぽつぽつと人が残っていた。葉山もいて、何かトラブルでもあったのか緊迫した口調でほかの女子社員と話をしていた。松岡は声をかけず、こっそりと部屋を出てエレベーターに乗った。

玄関ホールまで来たところで「松岡さん」と呼び止められた。背中が震える。柱の陰から男が近づいてくる。足はその場に硬直したままだったが、正直逃げ出したかった。

「あの」

言いかけた男を遮った。

「葉山なら、まだ中にいるよ」

男が口を閉ざした。

「呼んでこようか。仕事は終わってたみたいだけど、何か話してたんだよな。一回携帯鳴らしてみれば？」

「君に話があって来たんです」

自分に会いに来たような気はしていた。だけどわざと気づかなかった振りをした。

「俺は話すことないから」

身も蓋もない言い方に、男が俯く。目を伏せ、困ったような表情に、胸が締めつけられる。そんな表情をさせているのが自分だと思うと、余計にたまらなくなる。

「少しでいいから、時間が欲しい」

返事こそしなかったものの、松岡は男が自分に何を話すのか聞いてみたい気がした。

二人きりの玄関ロビーの沈黙は、エレベーターの開く音と共に破られた。騒がしさに振り返った先に葉山がいた。目が合う。

一緒にいた同僚の輪の中から飛び出して、葉山は寛末に駆け寄ってきた。

「迎えに来てくれたの？　それなら電話してくれればよかったのに」

寛末は戸惑うように視線を彷徨《さまよ》わせた。そうしているうちに葉山の同僚が追いついて、声をかけてきた。

「葉山さん、その人は誰ですか？」

葉山は「小石川研究所にいた時にお世話になった寛末さん」とみんなに紹介した。

「もしかして、付き合ってるんですか」

半分確信を持った同僚の問いかけ。葉山は「えーっと」ともったいぶったものの、期待した周囲を長く焦らすことなく「そうなるのかなあ」と嬉しそうに呟いた。

同僚は少しだけひやかした後、二人に気を使ったのか先に帰っていった。

「これから時間ある？　どっかご飯食べに行きたいな」

そう言って寛末の袖口を摑んだ葉山は、思い出したように背後の松岡に振り返った。

「あ、松岡君も一緒にどう？」

この状況で「俺も」と言い出せるほど図太い神経はしていなかった。

「遠慮するよ。俺なんかがついていったら二人の邪魔しそうだしさ」

「そんな、気にしなくていいのに」

予想した反応を返す葉山に「じゃあな」と声をかけて踵を返す。男の顔は見なかった。

「待ってください」

背中に声がかかる。それと同時に、痛いほど強く腕を摑まれた。

「僕は今日、松岡さんに話があって来たんです。だから……」

葉山の表情が、それとわかるほどサッと曇った。

「あ、そうなの」

葉山が視線を伏せたのは一瞬だった。すぐに顔を上げ、ニコリと笑う。

「じゃ、私も一緒に行っていい？　二人の邪魔はしないようにするから」

寛末は返事をしない。松岡が睨みつけても効果はない。それもそのはずで、寛末はこっちを見てない。奥歯を嚙み締めた。要領のよくない男だというのは知っている。知ってはいるが……。

「今度でもいいかって思ったけど、やっぱり今日にしようか」

独り言のように、独り言にしては大きな声で松岡は呟いた。そして葉山に向き直る。

「夕方、寛末さんから相談したいことがあるって俺に電話があったんだよ。仕事のことで何か聞きたいことがあるみたいでさ。込み入った話で時間もかかりそうだから、きっと葉山を退屈させちゃうと思うんだ」

そうなの、と葉山は寛末を見上げた。嘘のつけない男は、形ばかりも頷いてくれない。

「だから今日はごめんな」

必死で松岡はフォローした。

「あ、うん。いいの。仕事の話なら仕方ないよね。私がいたらかえって邪魔になるかもしれないし」

ものわかりのいい葉山は、浅く頷いた。

「本当にごめんな」

納得してくれたものの、帰っていく葉山の後ろ姿は寂しそうだった。見ていて切なくなると同時に、突っ立っているだけの男に激しい怒りを覚えた。

松岡は一人でサッサと歩き出した。「どこへ行くんですか」と寛末が慌ててついてきても、返事はしない。エレベーターに乗り込み、それがゆっくり上昇する間も松岡は無言だった。

五階の廊下は明かりが落ちて薄暗い。第六会議室とプレートのかかった部屋へ入る。六畳ほどの小さなスペースは、会議室とは名ばかりで実際は古いパンフレットや旧型のコピー機、商品サンプルが放置されている雑然とした物置になっていた。

寛末は入ったことがなかったのか、物珍しげに周囲をキョロキョロと見渡している。

「話って何だよ」

怒りの余韻を引きずって、松岡の口調はそっけなかった。

「どこかで座ってゆっくりできたらと思っていて……」

松岡は旧型のコピー機にもたれた。

「俺は寛末さんを部屋に呼びたくないし、寛末さんの部屋にも行きたくない。店の中でこんな話もしたくない」

ピシャリと言い放つと、それだけで男は静かになった。

「勘弁してくれよ」

松岡は前髪を指先で掻き乱した。

「葉山への言い訳は、俺がしなくちゃいけないことだったのか」

睨むと、視線は逸らされた。

「俺がしなくちゃいけないことだったのかって、そう聞いてんだよ。俺ばっかりがありもしない言い訳をでっち上げて、嘘ついて……それだけならまだしも、寛末さんは口裏合わせることだってしやしなかったじゃないか」

声を荒らげると同時に、頭の中でプチリと何かが切れた。

「嘘つくのが嫌っていうのは、わからないでもないよ。けど寛末さんが何もしないから、俺が言わないといけなかったんだ。自分じゃない、他人の俺なら嘘ついてもいいと思ってるのか」

「違う」

「違わない。寛末さんは可愛い、可愛いって自分ばかり庇護して、他人がどうなろうがお構いなしなんだ。自分だけが正しかったら、それでいいんだ」

涙が零れそうになり、慌てて目を閉じた。

「自分の正義のためだったら、平気で人を傷つけられるんだ。気を使うぐらいの優しさもないんだよっ。俺があの時、ああ言わなきゃ葉山は納得しなかった。たった一言で安心させられるのに、どうしてそれぐらいのことも言ってやれないんだよ」

奥歯を噛み締める。そうしないと本当に泣きそうだった。松岡に投げかけられた言葉で、寛末は沈痛な面持ちになり、貝のように口を閉ざした。

沈黙が続く。神経は相変わらず昂《たかぶ》っていたが、泣きたいという衝動は過ぎた。松岡は腕時計を見た。

「話したいことって、何？」

寛末は俯けた顔を上げようとしない。

「七時半に守衛が回ってくるからあと二十分。さっさと喋れよ」

寛末から言葉は出てこない。話の先を促す、子供の手を引くようなことはしない。

そして七時半ちょうどに松岡はドアへ向かった。

「待ってください」

最後になってようやく声がかかる。だけど立ち止まらなかった。ドアノブに手をかけたところで、右腕を摑まれた。

「僕は君が気になって仕方がない」

松岡は振り返った。何か喋ろうとするように、正面にある唇が震えた。吐き出す息が、ようやく耳に届く言葉になる。

「葉山さんが、君はかっこいいのに少しも気取ってなくて優しいと言う。僕は最初、君が二面性を持った人間だと思っていた。でもそうではないような気がしてきて……」

松岡は寛末を見据えた。

「君はものをはっきりと言うタイプで、それで……」

繫がらない言葉を探るように「その、あの……」と繰り返した後で、寛末はうなだれた。

「どうしてこんなに君が気になるのか、教えてほしい」

うなだれたままの頭の先を見つめる。ようやくそれが持ち上がった。ゆっくり、おそるおそるといった風に。

「それは、俺が考えないといけないこと？」

戸惑うような両目が、大きく見開かれた。

「俺が返事をしてやらないといけないこと？」

一つ大きく、息を吸い込んだ。

「自分のことぐらい、自分で考えろ」

松岡は右腕を引いたが、まるで鎖のように絡みついた男の指先は離れなかった。

「考えてもわからないからっ」

男は同じ場所で食い下がった。

「君の言葉が気にかかって、一晩眠れないことがあった。心の中で君への言い訳を、何通りも考えた。でもそれを実際の君には言えなくて、言うキッカケがなくて……」

指先の熱が、腕に食い込む。

「恋愛ではないような気がする。だけど気にかかるという感情を、どう判断すればいいのかわからない。君をどこへも位置づけられない」

松岡は力を込めて腕を振り上げた。不意の動きに、油断していた指先が離れる。

「寛末さんの中で答えを出せない限り、話す意味はないだろ。それが今まで通りだっていうのなら、俺は聞きたくない。二度と会いたくない」

「僕は……」

こちらに伸びてくる右手を乱暴に弾いた。

「自分の興味だけで人を振り回すな。俺を振ったって忘れたわけじゃないだろ。少しは気を使えよ」

男は俯いた。

「寛末さんは相手が俺になった途端、無神経になるんだ。何を言っても傷つかないと思ってるだろ」

そんなことは、と反論の声は小さかった。

「万が一にも付き合う気なんてないんだろ。それならもう俺のことは放っといてくれよ」

カツカツと、廊下を歩いてくる足音が聞こえた。松岡はドアノブに手をかけた。

「少しでも俺を思いやってくれるなら、もう声をかけないでくれよ。どうぞお願いします」

頭を下げて、ドアを開いた。すぐそこまで近づいてきていた守衛が怪訝な顔をし、松岡はにっこり笑った。

「どうもご苦労さまです。資料を探してたんだけど、見つからないんでもう帰ります」

守衛は「お疲れ様」と呟き、続いて部屋を出てきた寛末にも同じように声をかけていた。

一緒に乗ったエレベーターの中でも、互いに無言だった。暗くなった玄関ホールまで来た時、松岡は柱の前で立ち止まった。

「先にどうぞ」

自動ドアを指差す。

「俺は五分ぐらいしたら、出てくから」

「駅まで帰り道は一緒だと」

寛末が小さく呟く。無神経さもここまでくると、呆れて笑うしかなかった。

「俺が早く一人になりたいだけだから」

言葉にしてようやく通じたのか、寛末は先に帰っていった。後ろ姿が見えなくなった途端、松岡は柱の陰にしゃがみ込んだ。

ため息が震える。後悔が渦巻く。寛末は自分に興味を持っていた。その興味が「好き」の感情だと言い含めて、暗示をかけてもよかったんじゃないかと自問し、それは駄目だと言い聞かせた。いくら暗示をかけたところで、偽物は駄目になる。やっぱり男は駄目だと言われかねない。

松岡は深く、細く息をついた。両足がしっかり歩けるようになるまで、気持ちを奮い立たせるまで、あともう少し時間がかかりそうだった。

駅のホームの入り口に着いたのは、午後九時近くだった。結局一時間ぐらいうずくまっていて、見回りにきた守衛に、気分が悪くて座り込んでいると勘違いされた。重たい両足を引きずって駅の改札を抜け、階段を下りる。午後九時を過ぎると、電車の本数は極端に少なくなる。松岡は時刻表を覗き込んだ。どうやら電車は通過したばかりで、次が来るまで十五分ほど待たなくてはいけなかった。

壁際に沿った白いベンチに腰掛ける。向かい側にも自分と同じようにベンチに腰掛けている人がいた。

見覚えのある服と色。誰なのかわかると同時に、松岡は俯いていた。向かいに電車が来て行き過ぎても、座っている影はピクリとも動かない。

松岡側にも電車が来る。向かい側のホームからこちらを見ている男が気になって、迷って、迷った末に乗れなかった。

同じことを二度繰り返した。そして三度目に松岡は電車に乗った。向かい側のホームの男を見ないようにして電車に乗り込み、視界からも消えるよう背中を向けた。自分を待っていた、来るまで何本も電車をやりすごした男が何を考えているかなんて松岡にはわからなかったし、それを都合のいいように解釈したくなかった。


翌日、松岡は帰りが午後九時と遅くなった。急ぎ足にホームの階段を駆け下りる。あと一分もしないうちに電車が来るのがわかっていたからだ。

ホームに下りてからも、少し歩いた。奥の方から乗った方が、マンションの最寄り駅で降りる時に都合がいい。

オフィス街の中にあるので、夜遅くなると人の流れがフッツリと途絶える。人もまばらなホームを、松岡は忙《せわ》しい足音をたてて歩いた。向かいのホームに同じようなスーツ姿のサラリーマンが見える。誰かに似ていて、ドキリとする。単に似ているだけじゃなく本人だと気づいた時、松岡の足は止まっていた。

ホームを隔てて、おそらく十メートルも離れていない。

電車は時間通りに来て、松岡は乗り込んだ。寛末はじっとこちらを見ている。その姿が電車の窓から遠くなって、消える。離れて見えなくなっても、ちっとも落ち着かない。残像が勝手に頭の中で再生されて、心を掻き乱す。

駅のホームで寛末に会ったのは、偶然ではなかった。翌日も、その翌日も寛末は松岡が電車に乗り込む時に反対側のホームにいた。こちらをじっと見ているだけで、声はかけてこない。

ホームで姿を見なかった日もある。それは松岡が仕事を早く終えた時だった。小石川研究所での仕事を終えて、それからここまで来ているとしたらある程度の時間がかかってしまうのは容易に想像がついた。

その日、松岡は一度家に帰ったものの、寛末が自分を何時まで待つのだろうかと気になって、馬鹿馬鹿しいとわかっていながら、再びスーツに着替えた。バスに乗って会社の近くまで出かけ、そして駅のホームに下りた。

何食わぬ顔で、いつも通りの視線を横目に電車に乗る。ガタガタ揺れる電車の手すりに摑まったまま、自分は本当に馬鹿だと思った。

いつまでこんなことを続けるのだろうと自問する。声をかけてこないのは、向こうが自分に声をかけられないから。明確な答えを持ってないからだ。相手の迷いに、自分はどこまで付き合えばいいのだろう。付き合う、付き合わないではなく、自分が相手を振りきれないところに問題の根本があるような気もしたが、自分でもこの気持ちをどうにもできなかった。

夕方、四時前に外回りから帰ってきた松岡は、提出する書類をまとめるためパソコンに向かっていた。

終業時刻になると同時に、事務の女の子が数人、早々に帰り支度をはじめた。

「葉山さんも夕ご飯を一緒にどうですか？」

同僚に誘われていたが、葉山は「まだやることが残っているから」と笑って断っていた。じっと見つめていたわけでもないのに、葉山と目が合う。不自然にならないよう視線を逸らす。それから三十分もすると、残っている社員は三、四人になった。

「もうすぐ終わるの？」

背後から声をかけられて、松岡はパソコンのキーボードを打つ手を止めた。

「うん。そっちはどうなの？」

「私の方はまあ、急ぎの仕事でもなかったから」

呟いて葉山は肩を竦めた。

「ご飯の誘いを断る口実だったし。あっちはそれなりに気を使ってくれてるんだろうけど」

葉山は松岡の顔を覗き込んだ。

「最近、寛末さんに会った？」

ゴクリと生唾を飲み込む。

「いいや」

そう、と息をついた葉山は、松岡の隣の椅子に腰掛けた。

「私、寛末さんと別れたの」

松岡は思わず息を呑んだ。

「別れたっていうか、振られたっていうか」

「……それっていつの話？」

葉山は「半月ぐらい前かなあ」と首を傾げた。半月前といえば、松岡が寛末と会議室で話をしたすぐ後だ。

「振られそうな気はしてたから、それほどショックでもなかったかな。一晩中泣いちゃったけどね」

「それでいいのか」

「いいも何も、振られちゃったものは仕方ないでしょ。それに理由も話してくれたから、後悔はしてない」

葉山は髪を掻き上げた。

「前に好きだった人を忘れられないって言ってた。綺麗で優しい人だったけど、それだけじゃなくてとても厳しい人だったって。自分が気にしていることやコンプレックスを指摘されて落ち込む時もあったけど、それだけ自分は考えることができたって」

難しいよ、と葉山は息をついた。

「好きだけじゃ駄目だったんだね。けど、もうちょっと私に時間をもらえたら、寛末さんて人が見えたらって……そんなの、言い訳かな」

葉山の携帯電話が鳴った。夕ご飯に行った同僚からの誘いらしく、苦笑いしながら「今日は本当にごめんね」と繰り返していた。

携帯電話を切ってすぐ、葉山は帰っていった。松岡はしばらくパソコンと向かい合っていたが、仕事が少しも進まないので結局、やりかけのまま終了し電源を切った。

会社を出て駅に向かうまでの間、隙間なく寛末のことを考えた。仕事帰りの自分を、駅のホームで見ているだけの意味。声をかけてこないことの意味。

駅の入り口で立ち止まる。迷って、迷った末に松岡は入り口を行き過ぎた。迷いと躊躇いを引き連れたまま、一駅分歩く。次の駅のホームにはもちろん、寛末の姿はない。

会わないのは、葉山に対する罪悪感からかもしれなかったし、これからを決めかねている寛末への苛立ちかもしれなかったし、自分自身どういう態度をとっていいのか迷っているせいかもしれなかったし……色々なものが混ざって、自分でも訳がわからなかった。

わからなかったけど、今日は寛末の顔を見たくない。待たせてしまうのはわかっていても、考えないように振りきった。

わざわざ会わないようにしてマンションに帰ったのに、寛末のことを考える。待っているならかわいそうだと思い、だけどそれは寛末が勝手にやっていることだからと自分に言い聞かせた。

時間が過ぎるごとに、どんどん落ち着かなくなる。テレビを見ていても、雑誌を読んでいても、少しも集中できない。終電が過ぎるまで待っているような馬鹿じゃないよなと呟き、その実、待っているような気がして仕方なかった。

携帯電話にかけてみようかとも考えたが、勝手に待っている相手に「もう帰りました」と知らせるのもおかしい。

午後十一時を十五分過ぎる。松岡は洗濯機に突っ込んだワイシャツのかわりに新しいものを出し、ハンガーにかけてあった背広を着た。今からだったら、折り返して最終電車に間に合う。

飾りだけの鞄を手に取り、家を出る。外灯の暗い夜道を走る。ようやく駅の傍まで来ると、タイミング悪く「カンカン」と響く音と共に踏み切りの遮断機が下りた。駅の改札は踏み切りの向こうで、松岡はガタンガタンと前髪を揺らす風圧と、長い長い電車の列に苛々と足踏みをした。

轟音と共に電車が行き過ぎると、開けた視界の向こうに人がいた。電車が通る前にはいなかった。遮断機がゆっくり、音もなく上がっても松岡は動き出せなかった。それは踏み切りを越えた向こうの男も同じだった。

しばらくの間お互い立ち尽くしたままだった。先に動き出したのは寛末で、ゆっくりと踏み切りを越えてきた。

「こんばんは」

松岡は「どうも」と小声で呟いた。

「どこへ出かけるんですか？」

問いかけに、返事はできなかった。

「寛末さんこそ、何してるんだよ」

誤魔化すように、相手に振る。中途半端に開いた口許、視線が俯きがちになる。

「駅で見かけなかったので、心配になって」

「心配？」

「今まで会えなかった日がなかったから。会社にも行ってみたけど、電気は消えていたし。何かあったんじゃないかと」

会えない日がなかったのは、会えるように毎日、駅を通ったからだ。そんなことこの男は少しも気づいてない。

「僕は君に言われたことをずっと考えていた。自分が本当はどうしたいのかも。だけどどうしても答えが出せなくて、毎晩君が帰る姿を見ながら考えてた」

今日は、と男は続けた。

「君が来なくて、どうして来ないのかわからなくて、何か事故にでも遭ったんじゃないかと思って心配だった」

不器用な男が、訥々《とつとつ》と語る。

「君の言動が僕に与える影響はとても大きい。ほかの誰も、君ほど僕を自己嫌悪に陥らせたりしない。それがいいのか悪いのか、恋愛なのかどうかわからないけれど、確かめてみたい」

松岡は口許だけで笑った。

「確かめて、それで駄目だったらやっぱりナシってこと」

「違う」

男は慌てて否定した。

「違わないだろ。わかんないって自分で言ってるじゃないか」

「好きだと思うんだ。だけど自分の気持ちに自信が持てない。男の人を好きになったことなんてないんだ。だから君にも協力してもらえたらと……」

「冗談じゃない。人にばっかり頼るな。俺が寛末さんをどう変えられるっていうんだよ。結局は自分で決めることじゃないか」

薄暗い街灯の下、寛末が青ざめる。

「うんざりした」

吐き捨て、踵を返した。その背後をもたつくような足音が追いかけてくる。

「すみませ……」

返事はしなかった。

「すみません、本当に……」

心の中で耳を閉じる。もうどんな声も聞こえない。

「うわっ」

叫び声に、反射的に振り返る。情けない男が、うつ伏せになって転んでいた。駆け寄ろうとして思い留まり、奥歯を嚙み締める。行ってしまおうと思ったけど、いつまで経っても起き上がってこない男が心配になる。もしかして打ち所が悪かったんだろうかと、放り出された鞄を拾い上げて近寄った。

「おい、大丈夫か」

ようやく男がノロノロと顔を上げた。立ち上がり、差し出された鞄を受け取ると同時に松岡の右手を強く摑んだ。

背後に引いても、摑んだ腕がついてくる。まるで綱引きみたいに、引っ張り合った。

「手がつけなかったから、膝を打った。……上手く転べなかった」

寛末がポツリと呟いた。

「転んだら、君が引き返してきそうな気がした」

松岡は寛末を睨んだ。

「まさかわざと……」

「僕にも松岡さんがどういう人か、少しはわかってきている」

左手が頬に触れた。体がビクリと震える。

「だからもう少しだけ待ってください。僕が、僕の気持ちに折り合いをつけるまで。ちゃんと松岡さんに好きだと言えるまで」

俯いて、黙り込む。右手を動かしたら、強く引っ張られて、顔まで持っていくこともできない。だから左手で目許を押さえた。

寛末の前で泣きたくなかった。女々しいことなんてしたくないのに、勝手に零れる。誤魔化すことも、逃げることもできない。震える体としゃくりあげる息遣いで、どんな状態かきっと知られてしまう。

涙が落ちる分だけ、気持ちが崩れる。辛うじて自分を保っていたものが、もっと弱い脆《もろ》いものになって、今にも倒れそうになる。

「お願いだから……」

声が震えた。

「俺が寛末さんを好きだってことを、逆手に取らないで……」

遮断機が降り、ガタンガタンと電車が行き過ぎる。「すみません」の謝罪は電車の音に掻き消された。

早く好きだと言って……握り締めてくる右手に、松岡は願いを込めた。自分だけを好きだと、ほかが目に入らないぐらい好きだと言って。こんな気持ちから、早く助けて……。

鈍い男には伝わらない。何も言ってくれない。肩を震わせてうずくまった松岡の背中を、寛末はただ、困ったようにそろそろと撫でていた。

解説

宮木あや子
（作家）

「解説」にはいくつか種類がある。元々その作家の読者で、全ての著作を読み通している人が立候補して書いているものや、その道の専門家が執筆しているもの。対して、編集者が適当な「解説者」を選んで依頼したもの。この解説は後者である。

面恥を覚悟で書くが、私は腐女子（男同士で恋愛したりする妄想や創作物を好む女子）を自称していながら著者の方を存じ上げなかった。また、二十年近くＢＬ創作物から離れている。従って良い解説を書けるはずもないので、難しいと思った。しかし念のため、ＢＬ（ボーイズラブ＝男同士で恋愛したりする妄想や創作物の総称）コンシェルジュを自称する他社の担当編集者に「木原音瀬《このはらなりせ》さんてＢＬ作家さんの文庫解説依頼をいただいた」と話をしたら「それは何を置いても絶対に受けるべきです！　ギャー羨《うらや》ましい！　私が代わりに書きたいくらいですよ！」と身を乗り出して言われた。そして木原氏がいかに素晴らしい作家であるかを一時間ほど語られた。

・木原音瀬氏はBL愛好家なら誰もが読んでいる作家である。
・BL界の芥川賞と評されたことがある。
・前作は三浦しをん氏が解説を書かれた。
・宮木さんが書かないなら私が書く。書かせてくれ。

だいたいこんな内容だった。三浦しをん様は私にとって神様のような作家で、この文庫の前に刊行された『箱の中』の解説を担当されている。しをん様のあとに続くことができるならば、とその夜、編集者に依頼を検討する旨の返信をした。

そして三日後、ノベルス版が送られてきたので読み始めた。既に本文をお読みになった読者の方なら、読書中の私がどれだけ悶《もだ》えたか簡単に想像がつくだろう。

『美しいこと』は、極めて乱暴に説明すると、美しくて賢くて仕事の出来る有能な女装男子と、想像を絶するほどどんくさくてダサくて空気の読めない無能な草食系男子のプラトニックな恋物語だ。たぶんBL専門用語で言うと「ヘタレ攻め」になると思う。しかし、まだ恋愛初期のプラトニックゆえお互いの距離があり、物理的に受けることも攻めることもできてないのがもどかしい。だがそこが良い。

イケメンで強気な性格のサラリーマンの松岡は、ストレス解消として女装をして夜の街に立ち男達の視線を浴びている。酒を飲まされ乱暴されそうになった松岡に救いの手をさしのべたのが、冴えない同僚の先輩、寛末だった。純朴な優しさを持つ寛末は松岡に一人の女性として惹《ひ》かれてゆき、そして、女装は姿だけなはずなのに、松岡は男の寛末に恋心を持つ。松岡が素性を明かしてしまっては恋は破綻するのだが、声で男とばれないように（声帯に異常があって）喋れないと偽り、筆談やメールで会話する。もちろん身体の触れあいは御法度《ごはっと》だ。

この物語の重要な要素のひとつである「女装」には、現実社会においていくつかの生態がある。まず、性同一性障害（トランスジェンダー）で、心が女なのに身体は男として生まれてきた人。この人たちは女の子なので、女装、という表現は正しくない。彼女たちにとって女の子のお洋服を着るのはごく自然なことだ。そして女装を生業としている人。ショービジネスの世界や飲食店などに多いが、この「職業女装」の中にもトランスジェンダーの人は多い。

今回の物語の主人公は、しかし、トランスでも職業でもなく、中身は男の子のまま、突発的な趣味で女装をしている人物だ。そもそも刊行時のレーベルがBLなのでトランスだと話は成り立たないのだが、主人公のサラリーマンを女装させ、女性として相手に出会わせた時点でこの小説は私が知っていた「BL」という範疇を超えている。百合（女同士の恋愛）業界でも同じことが言えるのだが、世に出ている同性愛を扱う多くの物語の主人公は、結構な割合で、相手が同性だということに、それほど疑問も葛藤も抱かない。抱いたとしても、

「こんな、ダメだよ僕、男の子なのに……っ」

「俺、おかしいのかな、男だって判ってるのにおまえのことが好きなんだ……っ」

くらいのもので、その数ページ後にはナチュラルに恋に落ちてするべきことをしていたりする。少なくとも私が知っている「BL」はそういうタイプのものばかりだった。また、百合に関しては男性の存在しない世界観がスタンダードになっており、私の薄い知識に頼れば、たぶんBLでも異性不介入という暗黙のルールはあるはずだ。そういう業界ルールの中で主人公とその相手を、異性として出会わせたこの物語は、かなり型破りだろう。

主人公は女装していたときに出会った男に、女として恋をされ、葛藤する。もしこ

の主人公がトランスだったならば、ここまで葛藤する必要はなかった。長年通院していれば診断書を取って性転換手術ができるし、大手を振って女として生きてゆくことができる。しかし女装をしていても主人公はヘテロセクシャル（異性愛）の男で、男の心を持ったまま、ヘテロセクシャルの男に惹かれていってしまう。自分が男だと言い出せぬうちにどんどん好きになっていってしまう。女装している自分自身に嫉妬するようになる。

不勉強なためどこまでがここ最近のBLの「普通」の範疇なのか判らないが、これがもし、私が昔読んでいたタイプの「BL」だったらこの葛藤は存在しないだろう。私のもつBLへのイメージとは違う設定なのに、この小説は既にノベルスで版を重ね、舞台にもなっているという。何故ここまで読者に受け入れられたのか。

個人的な話になって申し訳ないし興味もないかもしれないが、私は一般文芸の作家で、軽くBLっぽいものも書くが出身は官能で、かつ百合を得意としている。百合小説市場はまだとても小さく、書いている作家も定着した読者も少ない。それゆえに右記のとおり、ガチガチに固まった、未熟で閉じられた「業界ルール」が存在する。業界ルールから逸《そ》れたものは読者に受け入れてもらいづらい。昨年（二〇一二年）まで百合専門誌で連載をしていてそれを痛感した。

　商業小説において、百合と比べるとＢＬには耽美小説からの歴史がある。長く濃く読者に愛されつづけた歴史の中で、ＢＬは様々なものを受け入れ、育ててきた。森茉莉の「恋人たちの森」に代表される美少年と美青年の夢のような愛の営みから始まり、私の拙い知識によれば、今では「ぶさいくなおやじ受け」というジャンルすら確立されているという。また逆に、「男同士の恋愛における葛藤」にも真正面から取り組み、彼らのリアルに近い苦しみや喜びを描いた。ＢＬには読者の多種多様な要求に応えられる書き手が豊富に存在し、その要求がどれだけニッチであろうときちんとマーケットが成り立っているのだ。

　百合寄りの私にとって、この間口の広さは非常に羨ましい。少なくとも百合業界にはまだ「ぶさいくな熟女受け」というジャンルは存在しておらず、「女同士の恋愛における葛藤」やリアルなセックス描写を描いたものに関しては、「これは百合じゃない！」と主張する人が多い。またこの本のように「異性として出会わせる」ことに対しても、多くの読者は拒否反応を示す。

『美しいこと』が広くＢＬ読者たちに受け入れられ高く評価されたのは、ひとえにこの「長い歴史によって培われたきめ細かな読者の理解力」からだろうと推測する。また、入り口を男女というマスな現実と地続きな設定にすること、および男女の交際を描写することによって、「男同士はちょっと……」としり込みするタイプの人にとっても、読みやすい物語になっていると思う。相手を想うあまり女装をやめられない主人公の心情も、お化粧やおしゃれが大好きな女の子なら「だって彼のためにもっと可愛くなりたいもんね」という女子力的理由でわりと簡単に共感できるものだ。

本文ではなくまず解説を立ち読みするタイプの方のために、これ以上の内容には触れないでおこう。主人公が女装をやめるのか、恋が成就するかどうかは、まずこの本を買って確かめて欲しい。いろいろ論じてはみたが、この本はそんなことどうでも良いくらい本当に面白い。長らくBL小説から遠ざかっていた私が、睡眠時間を削って夢中になって読んだ。前述「何故ここまで読者に受け入れられたのか」の答えは、単純に「面白いから」に他ならない。好きで好きで仕方ないのに、相手に触れることのできない痛いくらいのもどかしさと、その中で一瞬でも心を通わせられたときの震えるほどの喜びに、息を詰まらせて泣いた。

男同士だろうと女同士だろうと男女だろうと、人を愛するという気持ちは同じで尊いものだが、同性への片思いは、同性愛者の母数が少ない分、異性への片思いよりはるかにつらい。そういう、「ＢＬ」というジャンルでは忘れられがちな本来当たり前のことを、とても丁寧に私たちに教えてくれる。

おそらくこれは一般女性向けの本として売られるだろう。ちょっとＢＬに興味があるが未体験の読者にはうってつけかもしれない。個人的には、もしかして自分は同性愛者なのではないかと悩んでいる男性、ＦＴＭのトランスジェンダー、およびトランスジェンダーでかつ同性愛者、という人にも読んで欲しいと思う。現実はこんなふうにはいかない、これはあくまで小説であると冷めているあなたの目は、最後のページを捲《めく》るころきっと涙で温かくなっているはずだ。

本書は、蒼竜社より刊行されたノベルス版『美しいこと』上（二〇〇七年十一月刊行）と『美しいこと』下（二〇〇八年一月刊行）の中の表題作、「美しいこと」で構成いたしました。文庫化にあたり改稿を加えました。

|著者| 木原音瀬　高知県生まれ。1995年「眠る兎」でデビュー。不器用でもどかしい恋愛感情を生々しくかつ鮮やかに描き、ボーイズラブ小説界で不動の人気を持つ。『箱の中』と続編『檻の外』は刊行時、「ダ・ヴィンチ」誌上にてボーイズラブ界の芥川賞作品と評され、話題となった。著書は『箱の中』『嫌な奴』『罪の名前』『コゴロシムラ』（以上講談社文庫）『パラスティック・ソウル』『黄色いダイアモンド』『ラブセメタリー』『捜し物屋まやま』など多数ある。

美《うつく》しいこと

木原音瀬《このはらなりせ》

2013年３月15日第１刷発行
2022年10月27日第14刷発行

発行者――鈴木章一
発行所――株式会社　講談社
東京都文京区音羽2-12-21　〒112-8001
電話　出版（03）5395-3510
　　　販売（03）5395-5817
　　　業務（03）5395-3615

Printed in Japan

講談社文庫
定価はカバーに
表示してあります

KODANSHA

デザイン―菊地信義
本文データ制作―講談社デジタル製作
印刷―――株式会社KPSプロダクツ
製本―――株式会社KPSプロダクツ

ISBN978-4-06-277482-6

講談社文庫刊行の辞

二十一世紀の到来を目睫に望みながら、われわれはいま、人類史上かつて例を見ない巨大な転換期をむかえようとしている。

世界も、日本も、激動の予兆に対する期待とおののきを内に蔵して、未知の時代に歩み入ろうとしている。このときにあたり、創業の人野間清治の「ナショナル・エデュケイター」への志を現代に甦らせようと意図して、われわれはここに古今の文芸作品はいうまでもなく、ひろく人文・社会・自然の諸科学から東西の名著を網羅する、新しい綜合文庫の発刊を決意した。

激動の転換期はまた断絶の時代である。われわれは戦後二十五年間の出版文化のありかたへの深い反省をこめて、この断絶の時代にあえて人間的な持続を求めようとする。いたずらに浮薄な商業主義のあだ花を追い求めることなく、長期にわたって良書に生命をあたえようとつとめるところにしか、今後の出版文化の真の繁栄はあり得ないと信じるからである。

同時にわれわれはこの綜合文庫の刊行を通じて、人文・社会・自然の諸科学が、結局人間の学にほかならないことを立証しようと願っている。かつて知識とは、「汝自身を知る」ことにつきていた。現代社会の瑣末な情報の氾濫のなかから、力強い知識の源泉を掘り起し、技術文明のただなかに、生きた人間の姿を復活させること。それこそわれわれの切なる希求である。

われわれは権威に盲従せず、俗流に媚びることなく、渾然一体となって日本の「草の根」をかたちづくる若く新しい世代の人々に、心をこめてこの新しい綜合文庫をおくり届けたい。それは知識の泉であるとともに感受性のふるさとであり、もっとも有機的に組織され、社会に開かれた万人のための大学をめざしている。大方の支援と協力を衷心より切望してやまない。

一九七一年七月

野間省一

斎藤千輪 神楽坂つきみ茶屋4〈頂上決戦の七夕料理〉
作画 蔡志忠 訳 和田武司 監修 野末陳平 マンガ 孔子の思想
作画 蔡志忠 訳 和田武司 監修 野末陳平 マンガ 老荘の思想
作画 蔡志忠 訳 和田武司 監修 野末陳平 マンガ 孫子・韓非子の思想
佐野広実 わたしが消える
司馬遼太郎 新装版 播磨灘物語 全四冊
司馬遼太郎 新装版 アームストロング砲
司馬遼太郎 新装版 箱根の坂 (上)(中)(下)
司馬遼太郎 新装版 歳 月 (上)(下)
司馬遼太郎 新装版 おれは権現
司馬遼太郎 新装版 大 坂 侍
司馬遼太郎 新装版 北斗の人 (上)(下)
司馬遼太郎 新装版 軍 師 二 人
司馬遼太郎 新装版 真説宮本武蔵
司馬遼太郎 新装版 最後の伊賀者
司馬遼太郎 新装版 俄 (上)(下)
司馬遼太郎 新装版 尻啖え孫市 (上)(下)
司馬遼太郎 新装版 王城の護衛者
司馬遼太郎 新装版 妖 怪 (上)(下)

司馬遼太郎 新装版 風の武士 (上)(下)
司馬遼太郎 戦 雲 の 夢〈レジェンド歴史時代小説〉
司馬遼太郎 海音寺潮五郎 新装版 日本歴史を点検する
司馬遼太郎 井上ひさし 新装版 国家・宗教・日本人
司馬遼太郎 陳舜臣 金達寿 新装版 歴史の交差路にて〈日本・中国・朝鮮〉
柴田錬三郎 お江戸日本橋 (上)(下)
柴田錬三郎 貧乏同心御用帳
柴田錬三郎 新装版 岡っ引どぶ〈柴錬捕物帖〉
柴田錬三郎 新装版 顔十郎罷り通る (上)(下)
島田荘司 御手洗潔の挨拶
島田荘司 御手洗潔のダンス
島田荘司 水晶のピラミッド
島田荘司 眩（めまい） 暈
島田荘司 ア ト ポ ス
島田荘司 異 邦 の 騎 士〈改訂完全版〉
島田荘司 御手洗潔のメロディ
島田荘司 P の 密 室
島田荘司 ネジ式ザゼツキー
島田荘司 都市のトパーズ2007

島田荘司 21世紀本格宣言
島田荘司 帝都衛星軌道
島田荘司 U F O 大通り
島田荘司 リベルタスの寓話
島田荘司 透明人間の納屋
島田荘司 占星術殺人事件〈改訂完全版〉
島田荘司 斜め屋敷の犯罪〈改訂完全版〉
島田荘司 星《せい》籠《ろ》 の 海 (上)(下)
島田荘司 屋 上
島田荘司 名探偵傑作短篇集 御手洗潔篇
島田荘司 火 刑 都 市〈改訂完全版〉
島田荘司 暗闇坂の人喰いの木〈改訂完全版〉
清水義範 蕎麦《そば》ときしめん
清水義範 国語入試問題必勝法〈新装版〉
椎名 誠 にっぽん・海風魚旅〈怪し火さすらい編〉
椎名 誠 大漁旗ぶるぶる乱風編〈にっぽん・海風魚旅4〉
椎名 誠 南シナ海ドラゴン編〈にっぽん・海風魚旅5〉
椎名 誠 風 の ま つ り
椎名 誠 ナ マ コ

田辺聖子 苺をつぶしながら
田辺聖子 不機嫌な恋人
田辺聖子 女の日時計
谷川俊太郎訳 和田誠絵 マザー・グース 全四冊
立花隆 中核VS革マル(上)(下)
立花隆 日本共産党の研究 全三冊
立花隆 青春漂流
高杉良 労働貴族
高杉良 広報室沈黙す(上)(下)
高杉良 炎の経営者(上)(下)
高杉良 小説 日本興業銀行 全五冊
高杉良 社長の器
高杉良 その人事に異議あり〈女性広報主任のジレンマ〉
高杉良 人事権!
高杉良 小説消費者金融〈クレジット社会の罠〉
高杉良 小説 新巨大証券(上)(下)
高杉良 局長罷免―小説通産省
高杉良 首魁《しゅかい》の宴《うたげ》〈政官財腐敗の構図〉
高杉良 指名解雇

高杉良 燃ゆるとき
高杉良 銀行大合併〈短編小説全集(上)〉
高杉良 エリートの反乱〈短編小説全集(中)〉
高杉良 金融腐蝕列島(上)(下)
高杉良 勇気凜々
高杉良 混沌《こんとん》 新・金融腐蝕列島(上)(下)
高杉良 乱気流(上)(下)
高杉良 小説 会社再建
高杉良 新装版 懲戒解雇
高杉良 新装版 大逆転!〈小説 三菱・第一銀行合併事件〉
高杉良 新装版 バンダルの塔
高杉良 第四権力〈巨大メディアの罪〉
高杉良 巨大外資銀行
高杉良 最強の経営者〈アサヒビールを再生させた男〉
高杉良 リベンジ〈巨大外資銀行〉
高杉良 新装版 会社蘇生
竹本健治 新装版 匣《はこ》の中の失楽
竹本健治 囲碁殺人事件
竹本健治 将棋殺人事件

竹本健治 トランプ殺人事件
竹本健治 狂い壁 狂い窓
竹本健治 涙《るい》香《こう》迷《めい》宮《きゅう》
竹本健治 新装版 ウロボロスの偽書(上)(下)
竹本健治 ウロボロスの基礎論(上)(下)
竹本健治 ウロボロスの純正音律(上)(下)
高橋源一郎 日本文学盛衰史
高橋源一郎 5と3/4時間目の授業
高橋克彦 写楽殺人事件
高橋克彦 総門谷
高橋克彦 炎《ほむら》立つ 壱 北の埋み火
高橋克彦 炎立つ 弐 燃える北天
高橋克彦 炎立つ 参 空への炎
高橋克彦 炎立つ 四 冥き稲妻
高橋克彦 炎立つ 伍 光彩楽土〈全五巻〉
高橋克彦 火怨〈北の燿星アテルイ〉(上)(下)
高橋克彦 水壁〈アテルイを継ぐ男〉
高橋克彦 天を衝く(1)～(3)
高橋克彦 風の陣 一 立志篇

講談社文庫　目録

講談社文庫 目録

辻村深月 冷たい校舎の時は止まる(上)(下)
辻村深月 子どもたちは夜と遊ぶ(上)(下)
辻村深月 凍りのくじら
辻村深月 ぼくのメジャースプーン
辻村深月 スロウハイツの神様(上)(下)
辻村深月 名前探しの放課後(上)(下)
辻村深月 ロードムービー
辻村深月 ゼロ、ハチ、ゼロ、ナナ。
辻村深月 V.T.R.
辻村深月 光待つ場所へ
辻村深月 ネオカル日和
辻村深月 島はぼくらと
辻村深月 家族シアター
辻村深月 図書室で暮らしたい
辻村深月 噛みあわない会話と、ある過去について
新川直司 漫画 辻村深月 原作 コミック 冷たい校舎の時は止まる(上)(下)
津村記久子 ポトスライムの舟
津村記久子 カソウスキの行方
津村記久子 やりたいことは二度寝だけ
津村記久子 二度寝とは、遠くにありて想うもの
恒川光太郎 竜が最後に帰る場所
月村了衛 神子上典膳《みこがみてんぜん》
月村了衛 悪の五輪
辻堂魁 落暉《かいうひ》に燃ゆる〈大岡裁き再吟味〉
辻堂魁 山桜花〈大岡裁き再吟味〉
フランソワ・デュボワ 太極拳が教えてくれた人生の宝物〈中国・武当山90日間修行の記〉
手塚マキと歌舞伎町ホスト80人 from Smappa! Group ホスト万葉集〈文庫スペシャル〉
土居良一 海翁伝
鳥羽亮 金貸し権兵衛〈鶴亀横丁の風来坊〉
鳥羽亮 提灯《ちょうちん》斬り〈鶴亀横丁の風来坊〉
鳥羽亮 お京危うし〈鶴亀横丁の風来坊〉
鳥羽亮 狙われた横丁〈鶴亀横丁の風来坊〉
東郷隆 上田信 絵 【絵解き】雑兵足軽たちの戦い〈歴史・時代小説ファン必携〉
堂場瞬一 八月からの手紙
堂場瞬一 壊れる心〈警視庁犯罪被害者支援課〉
堂場瞬一 邪心〈警視庁犯罪被害者支援課2〉
堂場瞬一 二度泣いた少女〈警視庁犯罪被害者支援課3〉
堂場瞬一 身代わりの空(上)(下)〈警視庁犯罪被害者支援課4〉
堂場瞬一 影の守護者〈警視庁犯罪被害者支援課5〉
堂場瞬一 不信の鎖〈警視庁犯罪被害者支援課6〉
堂場瞬一 空白の家族〈警視庁犯罪被害者支援課7〉
堂場瞬一 チェンジ〈警視庁犯罪被害者支援課8〉
堂場瞬一 誤《あやま》ちの絆〈警視庁総合支援課〉
堂場瞬一 傷
堂場瞬一 埋れた牙
堂場瞬一 Killers(上)(下)
堂場瞬一 虹のふもと
堂場瞬一 ネタ元
堂場瞬一 ピットフォール
堂場瞬一 焦土の刑事
堂場瞬一 動乱の刑事
堂場瞬一 沃野の刑事
土橋章宏 超高速！ 参勤交代
土橋章宏 超高速！参勤交代 リターンズ
戸谷洋志 Jポップで考える哲学〈自分を問い直すための15曲〉
富樫倫太郎 信長の二十四時間
富樫倫太郎 スカーフェイス〈警視庁特別捜査第三係・淵神律子〉

講談社文庫　目録

2022年 9 月 15 日現在